IMPRESIONES EN EL VIENTO

Rolando Morelli nació el 25 de diciembre de 1953, en Horsens, Dinamarca. A los seis años fue llevado a Cuba por sus padres. Residió temporalmente en La Habana y más tarde fue llevado a Camagüey tras la muerte de su madre y la desaparición del padre. Ausentes sus progenitores, en circunstancias nunca del todo aclaradas, fue adoptado a los siete años por los padres junto a los que creció y vivió hasta 1980, año en que consigue escapar de Cuba por la vía del Mariel. En los Estados Unidos pudo terminar estudios superiores y fue el primero de los exiliados del Mariel en alcanzar un doctorado. Como profesor ha explicado clases en prestigiosas universidades norteamericanas, entre ellas Haverford College y el Lauder Institute de la Wharton Business School, Universidad de Pennsylvania, ambas en Philadelphia; Tulane University (New Orleans) y Villanova University. Ha publicado en revistas académicas y de creación literaria de los Estados Unidos, Europa e Hispanoamérica, y tiene a su haber un número de títulos concernientes tanto a su actividad académico-investigativa como a la labor de creación literaria.

Rolando Morelli

IMPRESIONES EN EL VIENTO

De la presente edición, 2018

© Rolando Morelli
© Editorial Hypermedia

Editorial Hypermedia
www.editorialhypermedia.com
www.hypermediamagazine.com
hypermedia@editorialhypermedia.com

Dirección de la colección Mariel: Juan Abreu
Edición: Ladislao Aguado
Diseño de colección y portada: Herman Vega Vogeler
Imagen de cubierta: Steve Johnson
Corrección y maquetación: Editorial Hypermedia

ISBN: 978-1-948517-24-9

A PROPÓSITO DE LA COLECCIÓN «MARIEL»

Hay una Cuba de antes de 1980 y una Cuba que comenzó a nacer a partir de 1980. En esa Cuba de antes de 1980, los que huían de la isla, se consideraban exiliados. En la Cuba posterior, sobre todo a partir de la década de los 90, eso fue cambiando y surgió la figura del emigrante del castrismo cubano. Algo que a mí siempre me ha parecido insólito, de una dictadura se huye no se emigra.

Los libros que he agrupado en esta colección, pertenecen, literariamente hablando, a esa Cuba anterior a 1980: sólo pueden haber sido escritos por exiliados de la dictadura cubana. No quiero decir que sean mejores ni peores, sólo señalo que pertenecen a una época y a una Cuba que ya no existe, o de la que ya queda muy poco, y que comparten cierta mirada sobre los tiempos que a los autores les tocó vivir, amén de una saludable furia.

Algunos de los escritores que agrupo en esta colección, que se publica gracias a la iniciativa y al interés de Editorial Hypermedia, salieron de la isla durante el Éxodo del Mariel, otros lo hicieron un poco antes o algo después del gran éxodo marítimo. Pero todos pertenecen a esa Cuba que producía exiliados políticos, fugitivos, y no emigrantes. A mi entender, estas obras se alimentan, enriquecen e iluminan unas a otras, y ayudan a definir y a comprender el tiempo que a sus autores les tocó padecer. Por eso las he reunido aquí.

Juan Abreu

I

TRES VERSIONES SOBRE EL TEMA PRINCIPAL

1

Día de los padres

El relato de la carne estaba en su apogeo cuando Rita se incorporó al fin a la cola frente a la carnicería, que era más bien un apelotonamiento caótico. En vano, parecía, preguntó repetidamente por el último en la formación precariamente dibujada como un trazo en medio del molote, hasta que alguna debió oírla. Bien podía tratarse de un raro acto de piedad. A medida que llegaban, otras mujeres se incorporaban a la fila interminable, empezando invariablemente por el comienzo a partir de donde emprendían un recorrido penoso, y a veces maldiciente hacia el final que estaba por verse.

—¡Ay, vieja...! Menos mal que vino la carne cuando menos lo esperábamos. Con algún hueso que me toque, tengo resuelto el problema de la comida de los muchachos, para un par de semanas por lo menos. Luego, con alguna cosita más que caiga por aquí o por allá... Un aguacatico hoy, algún boniato mañana... ¡Tengo resuelto el gran problema! Porque si no, créanme que estallo como un ciquitraque —esto último lo dijo Esmeralda Fariñas como si aquello a lo que llamaba por un nombre tan explosivo pudiera representar lo que verdaderamente buscaba decir.

—No hay vida. ¡Esto no es vida! —suscribió otra de las mujeres.

—Figúrate tú, yo que tengo tres muchachos.

—¡Ay vieja, Rosi, alégrate, y no te compliques, que hoy por lo menos es *día de los padres*… Sí, muchacha, no pongas esa cara de sorpresa. ¿No ves que todos los otros días del año son *de madre*?

El mujerío rió con algo de desparpajo.

—¡Pobres madres! Somos las que más nos fastidiamos todo el año pegadas al fogón o la batea de ropa, y mira tú con lo que salen…

—Pues por eso mismo lo dicen, Catalina, porque el año entero está dedicado a todas las madres trabajadoras.

—¡Aquí la que más y la que menos tiene su lavadora eléctrica que se la dieron por el centro de trabajo! —se sintió obligada a decir Blanquita Rosado, que tenía el cargo de «ideológica» en el comité, a la vista de las quejas que se suscitaban.

—De «dar» nada, mi vida, que bastante tuve yo que lucharla en mi centro de trabajo para que al fin me la asignaran como si se tratara de una concesión, y pagar por ella la barbaridad de dinero que cuestan. Así y todo, más es lo que está rota que compuesta.

Un súbito empellón de la cola le arrebató a la ideóloga la oportunidad de decir aquello que debía constituir una firme reprimenda que no dejara dudas.

—No empujen. No empujen. ¡Ay! Mucho había durado en empezar *la empujadera*.

La llegada repentina de una jovencita, apenas quince o dieciséis años, cuyo nombre todos conocían, consiguió de repente con su desparpajo, alterar igualmente el ritmo que hasta entonces era el de las conversaciones. Pareció como si ninguna de las reunidas, ni siquiera las más desinhibidas, quisiera tener nada que ver con ella, o aguardaran en un vilo de expectación lo que la recién llegada tuviera que decir.

—¿Ya te enteraste de lo de Cacha, Rusbelia? —preguntó de repente la recién llegada, ante el general silencio como si se dirigiera a una de las mujeres, elegida por ella para congraciarse.

—¡Ay chica, no me digas nada! ¡Pobre vieja! —se vio obligada a decir ésta, hallando en alguna parte una elocuencia de la que antes no se supiera capaz, e incluso sintiéndose complacida de que la otra se hubiera dirigido a ella en primer lugar—. La verdad es que ese muchacho, no parecía...

—¡Ay, mi vida! ¿Y quién dice que para ser maricón hay que parecerlo? ¿Tú no has oído decir nunca que aquí hay muchos «*tapiña'o*»?

—Yo me acuerdo — dijo otra de las mujeres, algo mayor— cuando se decía aquello de que alguno «llevaba *La bayamesa* por dentro», sí señor.

—¿Y eso, que cosa es? —volvió a decir la recién llegada—. Oye, Niurkita, tú debes ser más vieja que el morro... Porque ese dicho no lo conocía.

La mujer, que debía pasar de los sesenta, sonrió con desgana, aunque no hallara gracioso en absoluto lo dicho por la jovencita. Para restarle resonancia al comentario que suscitara algunas risas entre el mujerío, añadió:

—¿Tú no has oído cantar nunca a Sindo Garay, eso de «lleva en su alma la bayamesa...»?

—¡Ay, Niurkita, vieja, mejor no te esfuerces! Por mí, al menos, no lo hagas, de verdad —intervino una vez más

13

la que llevaba allí la voz cantante, cuyo nombre era Lupercia—. Ni idea tengo de quién pueda ser el vejestorio ése, porque seguro que es más viejo que andar a pie. ¡Y la bayamesa de que hablas debe haber sido tremenda guaricandilla! O algún mariconcito oriental, disfrazado.

Hasta la llegada de Lupercia, las conversaciones habían girado preferentemente en torno al reparto de la carne y otras cosas, pero de repente pareciera que el tópico aportado por ella fuera de suma importancia, o de un interés excepcional, y muchas se vieron arrastradas a decir lo suyo.

—¡Qué escándalo, mi vida! Tan seriecito como parecía el muchacho ése...

—¡Y con esa familia tan decente, la verdad!

—La verdad-*verdad* no habría modo de saberla... —dijo, cautelosa, una de las mujeres, vecina de Cacha, que no quería hablar mal de ésta. (La vieja había sido siempre muy buena con ella —se dijo— y eso no podía olvidarlo así como así. Las de veces que acudiera en su auxilio con una toma de leche para Abelito)—. Además, en tratándose de muchachos... —añadió en apoyo de su afirmación—, y sea lo que sea, se trata de su nieto... ¡Más como su hijo!... Para eso, que a la mano de nietos que tiene, los ha criado a todos.

—Verdad es. Esa vieja lo ha sido todo. ¡Madre no es la que pare, sino la que quiere y se sacrifica por los hijos!

Quizás porque las voces en defensa de Cacha o en solidaridad con su desgracia habían ganado en firmeza a partir de lo dicho por la primera de las mujeres, algunas otras terminaron por sumársele, aún mostrando cierta reticencia.

—No, a la verdad que la pobre vieja se las ha tenido que arreglar con ocho muchachos, ella sola. ¡Vaya trabajito sin sueldo el que se buscó!

14

—Ni eso siquiera. ¡Se lo buscaron!

—Porque quiso. Nadie la obligó.

—Eran sus nietos, los hijos de su único hijo, que le salió así, enamorado.

—Y para que vean lo que son las cosas, las criaturas por quien se desviven es por la madre que los abandonó..., y ni de ellos se acuerda sino de pascua a San Juan.

—¡Así es la vida!

—Por eso dice bien el refrán: «Cría cuervos y te sacarán los ojos» —apuntó Lupercia sin perder el compás de la conversación, o más bien recuperandolo—. Yo sí es verdad, que no crío sobrinos, ni primitos, ni perros ni gatos de nadie. Hijos, cuando los tenga. ¡Qué va, vieja, para qué cargar con problemas ajenos? Ya cada una tiene los suyos.

—¿Y qué otra cosa hubiera podido hacerse la abuela, cuando la madre que los parió los dejó sin encomendarse a nadie, para irse lejos, dice que a trabajar? A trabajar, si tú me entiendes.

—¡Pues yo también trabajo fuera, y nunca le he dejado mis hijos a nadie!

—Ni yo. Mis hijos primero. El trabajo siempre puede esperar.

—Lo que soy yo, no veo el día en que estén terminadas las escuelas ésas en el campo, que le dicen. Los seis míos van de cabeza internados ahí. ¡Esas escuelas serán un verdadero respiro el día que las terminen! Así se quita una el dolor de cabeza de la ropa y la comida. Ahí les darán todo lo que necesiten.

Alrededor de la que había dicho esto se produjo un silencio, que ninguna pareció decidida a romper de inmediato, ni siquiera Lupercia.

—¡Y con lo seriecito que parecía el muchacho ése! A ver qué tal le salen los otros.

—Yo al mío, lo prefiero muerto, a la verdad. Muerto antes que... ¡Hasta ladrón, vaya...!

Nuevamente, la voz de la vecina de Cacha intervino con firmeza:

—Pues yo no. A ningún hijo mío le deseo la muerte por nada del mundo. Y además, peor hubiera sido robar a su propia abuela.

—Eso es verdad —dijo otra—. Y además, que más vale no tirarle piedras a la casa del vecino, hasta que una pueda estar bien segura de no tener tejado de vidrio.

—Yo estoy muy segura del tejado que tengo, mi vida —se picó la que había hablado antes que la vecina de Cacha—. Yo nada más que he parido machos. ¡Y a la que lo dude, se lo puedo demostrar!

—Mira que ya eso de los seguros de vida se acabó, mi vida. ¡Eso era antes! —intervino otra.

—¡Pobre señora!

—Pues yo digo, que tener un hijo así... —bueno, un familiar cualquiera— debe ser la mayor desgracia.

—Eso sí, a la verdad ¡Desgracia es! Como que le salga a una un hijo bobo, o retrasado, o lisiado, o vaya usted a ver.

—Pues yo digo, lo que dicen los Psicólogos esos de la televisión, que ese es un problema de crianza. Y como único se resuelve, es con una buena paliza. Por ahí hay que empezar.

—Los que dicen eso, no deben ser psicológos, Esperanza, tú me perdonas...

—Pues muchas veces que lo han dicho. Yo bien que se lo he oído decir en ese programa que pasan los jueves.

—Yo he oído decir muchas veces que tiene que ver con las hormonas.

—Sí... Sí... ¡*Escriba y lea*!... ¿No es ése?

—No, hija, qué iba a ser ése. El otro, vieja. ¡El otro programa!

—¿Tú puedes creer que ahora no puedo acordarme? Lo tengo en la misma puntica de la lengua.

La conversación se interrumpió con el comienzo del expendio de carne que al fin se anunciaba.

—No empujen, caballeros, no empujen. Ya vuelve la fajatina.

—Manteniendo el orden de la fila… ¡No dejen colar a nadie!

—No empujen, caballeros, que no vamos a llegar antes. ¡No empujen!

El grupo de mujeres, ahora próximas al mostrador se entendía entre gritos con el carnicero, un hombre joven y apuesto, de unos veinticinco o veintiséis años.

—Hoy te toca la de segunda… —dijo éste, dirigiéndose a una de las mujeres que tenía delante, y súbitamente insinuante, mientras le devolvía la libreta de racionamiento—. ¿Te doy lengua con ella? ¿O prefieres rabo?

La mujer no se dejó amilanar, como tal vez esperase que pasara el hombre con el delantal ensangrentado, al decir aquello.

—El rabo te lo dejo para que tú mujer se haga «un rabo encendi'o» que le deje buen sabor de boca. Y la lengua, puedes dársela a otra que se conforme con eso —algunas entre el mujerío rieron el desparpajo de la que había hablado—. Yo sé bien que no está en tus manos hacer mucho por mí, pero qué le vamos a hacer.

Mientras sonreía, socarrón, el carnicero manipuló ahora la pesa diestramente con tal de arrojarle unas onzas más de carne al paquete.

Aún en su papel, y para que no se echara de notar en demasía la obvia predilección del hombre, la mujer se quejó de que el carnicero se las arreglaba siempre para recortarle su ración.

—¡Vaya, para que veas que somos generosos —dijo éste, poniéndole unas tirillas de carne al envoltorio antes de cerrarlo.

—A eso tan flaquito y tan blandito le llamarás carne, tú, que lo que soy yo... ¡Ay hijo, piltrafa para los perros!

Las demás mujeres que habían alcanzado el interior de la carnicería, ya empujaban, entre protestas que tanto el carnicero como su interlocutora parecían desestimar.

—Bueno, no será para tanto, mi china, digo yo, que por el buen semblante se ve que tu carne no te falta.

La mujer se alejó riendo, mientras el carnicero atendía ahora a la próxima cliente.

—¿Y tú cómo la quieres, mi socia ? Te la doy toda igual, o por partes?

—¡Ay, chico, no fastidies que bien sabes tú que si por mí fuera.

—No seas protestona, mami, mira que te estoy dando una oportunidad.

—Dámela toda de primera. Aunque sea por esta vez. ¡Ya la próxima nos resignaremos!

—Tú sabes que yo a ti siempre te voy a dar carne de primera.

Algunas de las mujeres de la cola, acaso porque tomaran en sentido recto la frase del carnicero, hicieron oír sus protestas:

—Eso no está permitido... Una vez primera, y otra vez segunda. ¡Como todo el mundo!

—Eso... Eso...

—Sí, el reparto tiene que ser parejo para todos.

—Pareja son los bueyes, compañera, para que vaya sabiendo —dijo con desenfado una de las mujeres próxima a la que había hablado antes, tal vez intentando ganarse la aprobación del carnicero—. Y no siempre *jalan* igual, según se dice.

—*Compañera* no, si me hace el favor, que usted y yo no trabajamos juntas.

—Pues si no te gusta que te digan así, como decimos los revolucionarios, ya sabes lo que tienes que hacer: lárgate de aquí. ¿Me oíste? —intervino otra de las mujeres.

—Yo de *aquí* no tengo que irme a ninguna parte. Y usted es una atrevida que se mete donde nadie la llama. Este es mi país tanto como el suyo. Y no tengo que aguantarme que usted, ni nadie que no lo sea, me llame a mí *compañera*.

—Vamos, caballeros, dejen ya eso, que la cola no avanza.

Ahora las protestas del mujerío tuvieron el efecto de zanjar la disputa que se barruntaba.

El turno de Rita frente al mostrador había llegado al fin, y el carnicero, que conocía desde que todavía era un muchacho a la vieja y su marido, tuvo un oportuno cambio de actitud frente a la mujer.

—A ver, Rita, dígame, ¿quiere que le ponga algo de hueso con la carne, para la sopa...? Hoy le toca segunda, como usted sabe.

—Sí, lo sé. Está bien, póngame algo de hueso, pero no el hueso pelado.

—No. No se preocupe, que yo sé que al viejo le gusta tomarse su sopita con sustancia.

—Y de paso, Raudel, me da la ración de Cacha, que está enferma de cama, y no ha podido venir. Aquí están las dos libretas.

—¡Ah, no! Marcar doble en la cola no está permitido —declaró Blanquita Rosado a cierta distancia.

—Yo no he marcado doble ni nada de eso, señorita. He esperado a mi turno como todo el mundo, y le hago el favor a una pobre vieja que no puede valerse.

—A Cacha lo que le pasa es que no quiere dar la cara —dijo Lupercia, que también alcanzó a oír lo que se decía, cuando acababa de trasponer la puerta de acceso al local de la carnicería— ¡Total! ¿...que uno de los nietos *le salió maricón*? Ni que eso fuera nada del otro mundo, ¿verdad Vitorino?

Había alcanzado a ver a éste al que ahora se dirigía, en compañía de una señora mayor que bien podía tratarse de su madre. El aludido bien pudo palidecer, a juzgar por el aspecto demacrado de su rostro, pero no dio cuenta de ningún otro modo del efecto que las palabras de Lupercia pudieran causarle.

—Usted es una grosera y una desvergonzada. No se lo mando a decir con nadie para que se entere usted bien —dijo la mujer mayor que podía ser la madre del hombre.

—¿Lo oíste, Vitorino?

—A mí, no me metas en nada, Lupe...

—¡Ay, pero mírenlo, caballeros! ¡Qué modosito y qué correcto el niño! Mira, no te me vengas haciendo el fino ahora, que aquí todo el mundo sabe cuál es tu negocio.

—La de Cacha es primera, Raudel.

—Sí, Rita. Lo sé. Lo sé bien. Si usted me permite, y sin que se vaya a ofender, yo sé mi trabajo. Aquí está indicado muy claro.

Los ojos de Rita se fijaron un instante en el punto que le indicaba el carnicero, donde los dedos de aquél habían puesto una mancha de sangre. Luego recogió ambas libretas de racionamiento, y mientras las ponía en su cartera de mano, tragó en seco y dejó que los ojos vagaran. Tal vez porque la estaba buscando, estos encontraron la imagen ya muy borrosa de la Virgen de la Caridad —que una vez, fuera el nombre del establecimiento— en aquel punto de la pared donde la excesiva familiaridad de la gente, y la cagada de infinitas moscas habían acabado por ocultarla. También borrado, descubrió allí el letrero que el padre de Raudel había hecho colocar al lado de la imagen, (muchos años atrás), y que era el mismo texto que entonces podía oírse por la radio con la promoción de la carnicería: *"Señora ama de casa, su carne está pidiendo carne... Déle carne a su carne... Que la carne, da carne... Y en ningún otro lugar como aquí, hallará la calidad de carne que ponemos a su entera disposición. Désela aquí, en su carnicería "La Caridad». Váyase a casa completamente satisfecha con nuestra carne. Estamos dispuestos a atenderla siempre, y a dejarla satisfecha. «La Caridad», haciendo su obra».*

—Vaya, Rita, aquí tiene la carne de las dos casas.

—Muchas gracias, Raudel. ¡Hasta la próxima!

—Salúdeme a Emiliano. Hace ya días que no se deja ver el pelo.

Rita asintió, antes de apartarse del mostrador de despacho, y antes de que se alejara, el carnicero alcanzó a decirle todavía.

—Váyase por la sombrita, mi vieja. Acuérdese, que son cien años...

Cuando ya se alejaba calle abajo, Rita escuchó que decían su nombre. Mecánicamente hundió sus manos en la cartera, para cerciorarse de que no se había dejado olvidadas las libretas de racionamiento.

—Soy yo, Rita. ¡Obdulia! La nueva vecina.

—Ay, sí, mi'ja. Al principio no te reconocí. Perdóname.

—No se preocupe. No tiene importancia. ¿Cómo sigue el viejo?

—De los achaques un poco mejor... Del ánimo, ¿para qué contarte? Él a ciertas cosas no se resigna, o no quiere, o no puede resignarse. Nada, que es mejor ni hablar. No quiero abrumarte con esas cosas. Por mi parte, estoy conforme, quiero decir, tranquila. Yo viví la parte que me tocaba, y disfruté lo que había que disfrutar. De aquí en adelante, lo que venga lo tomo por añadidura. Dios da, y Dios quita, y si quiere dar más... Más da.

La mujer joven sonrió aquiescente.

—¿Y tu esposo, y tus niños cómo están?

—Bien, Rita —dijo a esto la otra, casi como si se avergonzara de poder decir aquello después de las palabras de la mujer mayor—. Los niños en el colegio... ¡Ya se han adaptado al cambio! Ricardo en su trabajo... Yo, todavía no he comenzado.

—¡Cuánto me alegro! Cuando se tienen tus años, y se tienen salud e ilusiones en la vida, hay que dar gracias y sentirse alegres. ¡Disfrútalo, hija! ¡Y que Dios te siga dando!

Obdulia no supo cómo decirle que ella no era creyente. Ni siquiera se trataba de lo que hubieran podido decirle al respecto sus padres, o sus maestros. Nunca se había planteado aquello.

—Rita, si usted quiere, yo puedo dejarle a Cacha su carne. Como usted sabe, a mí se me hace camino, y así usted no tiene que darse el viajecito.

—¡Ay, hija, si no te es problema...! Me harías un gran favor. Con el sol como está que raja las piedras... ¡Y además, al viejo lo tengo solo en la casa!

—Eso me imaginaba. Por eso se lo digo. A la verdad, no se me ocurrió pensar que Cacha podía estar mala.

—¡Cosas de la vida! ¡Tú sabes! Bueno, como bien dice el refrán: «Hoy por ti, y mañana por mí».

—¿Y soltaron al muchacho?

—Eso es lo peor según parece, que como está pasando el ejército...

—Pobre vieja.

—Aquí tienes la carne. Y me haces el favor de decirle a Cacha, que en cuanto pueda darme un saltico hasta allá, le doy su vuelta.

En aquel punto las dos mujeres se despidieron cordialmente, y tomaron en direcciones opuestas. Rita iba pensando en lo agradable que le resultaba la muchacha, sus modales, su porte, su sencillez. Se alegró de que fuera joven, y sin embargo no hubiera sucumbido a la vulgaridad que la rodeaba. Por su parte, Obdulia iba pensando en las palabras de Rita. Se le antojaba haberla conocido de mucho antes, no sabría decir porqué. También pensaba en Cacha, en su nieto preso. Pensó en Ricardo, y en los niños, y de repente sintió que un nudo se le formaba en la garganta.

—¡Dios mío! —dijo, sin conciencia de decirlo—. ¡Dios mío!

Al empujar la pequeña verja de hierro que comunicaba los dos patios, se dio cuenta de haber llegado a su destino. Cacha colgaba de un cordel en el patio, unas camisas verde olivo de su nieto, recién lavadas, y con un gesto, breve y fatigado, le dio la bienvenida sin emplear palabra.

2

INFRAGANTI

—¡Deja pan para tu abuelo, caramba! —dijo con dureza la voz de la abuela, mientras su mano caía pesadamente sobre el hombro del muchacho, que en vano hurtó el cuerpo, para evitarla—. Qué tú no eres aquí el único en tener boca...

El ladronzuelo no hizo caso de las palabras de la abuela, y es probable que diera por bien empleado el manotazo, cuando se alejó con el trozo de pan entre las manos. Aunque era más bien pequeño para su edad, acababa de cumplir los ocho años. El día antes, esta misma abuela lo había despertado con un beso, y le había deseado felicidad, y que creciera pronto y se hiciera un hombre de bien, hecho y derecho.

—Estos condenados ya no consideran a nadie —volvió a decir la vieja para aliviarse de aquello que sentía, al comprobar que no quedaba pan—. En comiendo ellos, todo está bien.

—Déjalos, mujer… —dijo ahora el viejo que llegaba—. ¿Qué van a hacer los pobrecitos con su hambre? … Y debíamos darnos por dichosos…

—Eso nada más nos faltaba —dijo la mujer sin resignarse a aquella aceptación del marido—. Dar gracias porque no nos coman a nosotros cualquier día. Por eso han llegado las cosas a donde han llegado…

—Las cosas, viejita, han llegado a donde único podían llegar, pero no ha sido por causa de eso, ni mucho menos por culpa de las criaturas.

—No. Si tienes razón. ¡Esto nos pasa por aguantones, y por esperar milagros!

—Sin eso, mujer, ¿qué hubiera sido de nosotros?

—¡Peor no podíamos estar! Y todavía esperando que algo pase… ¡Algo!

—Milagro ha sido, mujer. ¡Salud nos queda todavía, a Dios gracias!

—¿Y de ahora en adelante, a qué santo le confiaremos el milagrito?

—Pa'bajo todos los santos ayudan —dijo ahora el hombre con ironía.

—Dios dice: «Ayúdate, que yo te ayudaré». ¡Está escrito!

—Vamos, vieja, y ¿todavía no sabes que el papel aguanta lo que le pongan?

El viejo se acercó a ella, y con un impulso la besó en la frente con dulzura. La mujer se dejó besar, y sintió el efecto balsámico del beso sobre su espíritu atribulado de cosas embrolladas, cuyo hilo se perdía sin remedio en el amasijo que se había vuelto su alma.

—Es que te había guardado ese pedazo de pan para el almuerzo…

El viejo la besó una vez más en el mismo lugar de la frente.

—No te preocupes, chica. Sírveme lo que sea, que tú sabes que yo soy lo más conforme.

—Eso es, precisamente, lo que más me mortifica... Que mientras más conforme eres en la vida, más se aprovechan los demás.

—Vamos, chica, exageras. ¿Qué va a saber la criatura de nada?

—No me refiero sólo al muchacho.

—¡Bueno, sírveme, anda!

Después del almuerzo, mientras Paco descabezaba su modorra sentado en un balance del portal, llegaron de la escuela los muchachos. La abuela les sirvió el almuerzo después de que éstos se lavaron las manos, o fingieron hacerlo, y en vano intentó hacerlos guardar cierta compostura junto a la mesa. Mientras almorzaban, inesperadamente llegó Ilirio. Venía acompañado de otro recluta, poco más o menos de su misma edad. Desde que lo vio, a Caridad no le gustó para nada la pinta del muchacho.

—O está asustado por algo, o anda buscándose que algo lo asuste.

—¡Está asustado, mujer! —dijo el viejo, luego de que ella lo despertara—. Es un pobre guajirito, ¿no lo ves? Todavía lleva *el arique* al tobillo...

—¡Peor que eso! —musitó la mujer. Y bajando cuanto le era posible la voz se explicó—: *palestino.*

—¡Ah! ¿Ya ves? Si habla, quiere decir que no se come a nadie. Al *cantaito* se acostumbra uno, vieja. Y si no, acuérdate de los Matamoros.

—Desde que llegó no ha dicho ni media palabra... ¡Mala señal!

—Y entonces cómo es que crees eso?

—Por la pinta que tiene... Nada más hay que verlo.

—¡Ave María, vieja...! No me gusta que hables así. Antes...

—Antes..., fue antes. ¡Ahora ya estoy curada de espanto! Los golpes en la vida te enseñan algo.

El resto del tiempo que permaneció en ella, Ilirio anduvo dando traspiés por la casa, metiéndose por las habitaciones como si no estuviera conforme en ninguna, y tras él, siguiéndolo con la mirada iba la abuela. A ratos, acudían a él los hermanos más pequeños sonsacándole palabras, que él parecía reacio a ofrecerles. Por su parte, el abuelo se había cansado pronto de intentar una conversación con él, y había vuelto sin esfuerzo a la siesta interrumpida por su mujer, en el sillón del portal.

Después de lavar y de secar los platos, la abuela se impuso sostener con su huésped, algo que semejara una conversación. Pese a las reiteradas invitaciones de Ilirio, cuya voz resonaba de repente al interior de una de las habitaciones, el visitante se mantenía muy serio, sentado allí en la sala, como si no alcanzara a oírlas.

—¿Y sus padres de usted, no se preocupan … —se animó por fin a preguntar la vieja, después de estudiar la expresión del muchacho— si no lo ven cuando tiene pase?

Éste sacudió la cabeza con fuerza, pero no se sacó ni una sola palabra. A la mujer le pareció ahora que no estaba asustado, sino que se guardaba para sí una hosquedad que daba aquella impresión de susto.

—Los padres siempre se preocupan —dijo ella—. No importa la edad que tengan los hijos, siempre piensa uno lo que pueda pasarles. ¡Y siempre, se teme lo peor!

Como el muchacho no parecía inmutarse, la vieja añadió sólo por decir:

—Si los padres no se preocupan, ¿quién iba a hacerlo?

—Yo soy huérfano... —dijo ahora su interlocutor, sin dejar de mirarla fijamente. Ahora, definitivamente, a la vieja no le produjo esa impresión de susto de antes—. A mí también me criaron mis abuelos. Pero ya nada más que me queda el abuelo.

La mujer tragó en seco, con dificultad. De repente se le había hecho un nudo en la garganta y no le fue fácil conseguir que se aflojara éste, para bajar el bolo de saliva con que procuraba aliviarse.

—Si usted quiere me voy —añadió el muchacho, pero sin dar la impresión de estar ofendido, sino más bien como si comprendiera que debía resultar un estorbo.

—No, mi'jo, si no es eso... ¿A dónde te ibas a ir tú, criatura? —dijo la vieja.

El muchacho alzó los hombros con indiferencia, de pie, para poner de manifiesto que de veras estaba dispuesto a marcharse.

—Por mí no tiene que preocuparse. Puedo regresar a la Unidad.

La vieja sintió que la invadía una ternura antigua, aunque aquel sentimiento no respondiera a éste ni a ningún nombre en particular. La sentía a flor de piel, como un cosquilleo, se trataba de una sensación hasta un poco incómoda.

—Bueno, mi'jo, pues considera ésta, como tu propia familia. Y ven cuántas veces quieras por aquí... Un amigo de Ilirio es como uno más de la familia para nosotros.

La vieja se estrujó las manos en el delantal de grandes bolsillos, lo mismo que si aquéllas estuvieran mojadas. Luego, sacando del interior de uno de ellos una llavecita de ojo, se dirigió a la cocina, y abrió la alacena.

—¡Toma, hijo! Seguramente tendrás hambre —dijo, poniéndole delante al muchacho un platillo en el que había servido una especie de conserva de mango.

Ilirio se había marchado sin despedirse del abuelo, por no despertarlo —adujo ella cuando Paco preguntó por él—. El otro muchacho (ella había al fin conseguido arrancarle que se llamaba Eduardo) le había prometido regresar tan pronto como volviera a tener pase.

—Vuelve cada vez que tú quieras, mi'jo. Ya sabes que ésta es tu casa.

El resto del día, se le había ido a Cacha de un quehacer en otro. Pura rutina. A la llegada de la noche, volvía a estar agotada por el esfuerzo. Ya no iba estando para tanto trajín.

Mientras cabeceaba frente al televisor encendido, creyó volver a ver a su nieto y al muchacho, atravesar la penumbra de la sala. Sus imágenes, meras apariciones, se mezclaron con las imágenes que, a intervalos aparecían en la pantalla iluminada, y aquéllas otras de un sueño intranquilo que a pesar de las interrupciones de la vigilia, parecían concatenarse y recobrar un hilo. Volvía a ser joven en el sueño. Se sorprendió de lo bien que podía recordar aquel estado incomparable de su vida, y aunque se tratara de un sueño —lo sabía— se alegró de poseer una vez más aquel vigor, y el gozo por el gozo mismo de vivir. Pero esta sensación estaba condenada a no durar mucho tiempo.

—¿Quién anda ahí? —preguntó, sobresaltada por los ruidos que ahora llegaban a su oído—. ¿Eres tú, viejo? Cuidado no vayas a caerte con esta maldita oscuridad. Lo que soy yo, de aquí no hay quien me mueva hasta que venga la corriente.

A contraluz, en la penumbra de la sala creyó ver deslizarse dos siluetas que parecían acarrear alguna cosa—. Viejo..., ¿eres tú? —volvió a decir, para darse fuerzas, quizás para no trasmitir a los posibles rateros el sobresalto que la ganaba por segundos. El corazón parecía que le estallaría en el pecho. Se obligó a serenarse cuánto era posible. Sin saber de qué lugar surgía ahora esta convicción íntima, se dijo que no valía la pena morirse por nada.

La única luz en la habitación procedía de afuera. El televisor también estaba apagado. Ella se había quedado dormida frente a él, no podía precisar en qué momento, pero creía recordar con nitidez su parpadeo. Fastidiada, volvió a pensar que se trataba de otro apagón, pero la luz de la calle se filtraba por las persianas, y le hizo ver que no se trataba de esto. Como no iba a ponerse a gritar, ni a pedir auxilio, prevaleció en ella una serenidad instintiva.

—Viejo, acaba de encender el candil no vayas a caerte en esa oscuridad... Lo que soy yo, de aquí no me muevo —volvió a decir, con la intención de confundir a los posibles ladrones, según pensaba—. Debe tratarse de otro corte de la electricidad. ¡Mucho había demorado!

Con ligereza que no era para sus años, sin embargo, pese a lo que decía se puso de pie, y guiándose por la luz que se filtraba por debajo de la puerta de la calle, dio con ésta y consiguió abrirla de par en par. Allá dentro, muy apagado, seguía escuchándose el trasteo de los presuntos ladrones, que se había interrumpido brevemente antes, como sorprendido por la luz de afuera que penetraba en la habitación.

A los gritos que daba la vieja en el portal, acudieron enseguida los vecinos. El viejo dormía ya en la habitación de ambos, sin enterarse de nada de lo que ahora ocurría. La llegada de los vecinos sorprendió a los ladrones, que no tuvieron tiempo ni manera de escapar.

—Vergüenza debiera darte, desgraciado —dijo ahora la vieja, así que tuvo delante a su nieto Ilirio—. Venir a robar a tu propia abuela...

El nieto intentaba explicarse, entre los manotazos que le propinaba la abuela frente a todos.

—Y tú, ¿con que cuento me vas a salir ahora? —dijo ésta volviéndose ahora al otro muchacho.

Agotada de su propio manoteo, se derrumbó al cabo sobre el sillón de pajilla de la sala, que algunas mujeres le acercaron, mientras que otras acudían a abanicarla con pedazos de cartón hallados en cualquier parte. La presidenta del *Comité de Defensa* ya había dado parte a la policía, cuando la vieja, que parecía haberse repuesto, le rogó que no lo hiciera, que se trataba de un error. En la oscuridad —se desdijo ahora de sus anteriores declaraciones— había creído que se trataba de ladrones. Entre tanto, los muchachos aguardaban en silencio, acuclillados en el suelo, y como agobiados de un gran peso, cuando llegó la policía. Pese a las explicaciones de la vieja, se los llevaron a los dos para hacerles las preguntas que son de rigor en estos casos. Las murmuraciones en el barrio dieron comienzo de inmediato. Al día siguiente ya todos en la barriada sabían lo ocurrido la noche antes.

Ladrones

Sin tocar casi con los pies en el suelo, Ilirio se deslizó en medio de la penumbra, hasta colocarse por detrás del sillón donde dormitaba su abuela. Una vez alcanzado este punto, permaneció ahí aguardando no hubiera podido decir qué resolución, tal vez alguna señal procedente de ella que le indicara de qué modo actuar seguidamente, o la improbable confirmación, de que ésta no despertaría de un momento a otro. Al fin, cuando se hubo convencido de que se trataba de un sueño profundo, volvió a ponerse en movimiento, en dirección a la cocina.

Caridad no supo en qué momento abrió los ojos, para asomarse a una habitación que al comienzo le pareció desconocida. No había en ella muebles ni objeto alguno, como no fuera este sillón donde estaba sentada. La expresión empleada unas horas antes por su vecina Ismaelita para describir el robo de que fuera víctima mientras dormía, le pareció apropiada también en este caso: *la habían mudado completamente.* De algún modo, sin embargo, la consolaba la vaga noción de haber cerrado bien la puerta de la calle, y la que daba al patio, y todas las ventanas. De hecho, no podía recordar desde cuando no se abrían éstas, pese a las verjas de hierro que debían protegerlas. ¡El diablo eran las cosas! Sin embargo, la conciencia de una desposesión tal, no conseguía alarmarla. ¡Más se perdió en la guerra! Recordaba ahora haberle oído decir a su padre, cuando un día vinieron y se lo quitaron todo sin apelaciones. Entonces, ella era apenas una jovencita. Recordaba claramente a su padre, trabajando día tras día en la ferretería que antes había sido igualmente de su padre; la satisfacción de que daba muestras siempre, cuando ella venía por el establecimiento a visitarlo. De niña solía llevarla regularmente su madre, siempre de la mano. Ya después, iba por su cuenta, todos los días del mundo, lo mismo que si se tratara de un ritual. El viejo había muerto dos años después de la expropiación. No hubiera podido decirse que por causa de ésta, de él que invariablemente decía aquello tan socorrido de «más se perdió en la guerra». Ella no acertaba a comprender, en medio de su furor por la injusticia que contra él se cometía, a qué guerra podía estar refiriéndose su progenitor.

Si aquel despojo no había conseguido matarlo, como sucedía con otros, ni agriarle el carácter a su padre, tampoco éste de ahora conseguiría que ella se echara a morir. Claro que más fácil era decir una cosa así, que mantenerse imperturbable ante la pérdida de absolutamente todo lo que se ha ganado mediante una simple disposición de gobierno, o a manos de unos vulgares rateros.

Entre sueños, a Caridad le pareció que de repente se le echaban encima con un cuchillo. Debió entonces escapársele un grito, que la devolvió abruptamente a la vigilia. Asustada de estar sola y en la oscuridad de la sala, se puso de pie para encender la luz de la sala.

El pecho le palpitaba aparatosamente, y llamó al viejo, que dormía en la habitación contigua, en voz muy alta. Bien sabía que éste no habría de escucharla, pero de cualquier modo que fuera, la reconfortaba decir su nombre, llamándolo; saber que estaba allí, muy próximo. Sintió sed, pero el temor de ir hasta la cocina en penumbras hizo que desistiera de llegar hasta ella. Nunca había sido una mujer miedosa, sin embargo, y esta certeza la serenó algo.

—Ya pronto vendrá alguno de los muchachos por ahí —se dijo, pensando en los nietos—. La novela no empieza hasta las diez —añadió, calculando el tiempo que sería. Se refería, naturalmente, a una de las series que ponían en la televisión.

Alcanzada la cocina, Ilirio abrió por dentro la puerta que daba al patio. Los tres pestillos que dejaban la puerta asegurada saltaron apenas con un ruido amortiguado entre sus manos, peritas en silencios. El patio estaba a oscuras también, y en la oscuridad se emparejaban el adentro y el afuera, como si se tratara de una misma habitación, o de un universo indefinible. Próximo a la puerta, pero sin alcanzar a distinguirla aun cuando ésta se abrió a la negrura sin contrastes de afuera, lo aguardaba el otro muchacho. A tientas, las manos de uno y otro fueron avanzando en la penumbra hasta encontrarse sin cruzar una sílaba.

Cacha salió al fin al portal, que estaba iluminado por la luz de la calle, y espió el balcón de la vecina del frente que a veces tenía gente hasta muy tarde.

—... cuando una más lo necesita, ni la sombra... —se dijo, contrariada, pero sin volver a la sala. Las voces provenientes del televisor consiguieron al fin sedarla, hasta que se animó a regresar al sillón.

—Ya la novela está por empezar... —se dijo ahora, entregándose aquella frase como si en ella se hallaran todas las certezas que de repente le hacían falta.

En la oscuridad, las manos conocían el rumbo a seguir; parecía como si tuvieran ojos en las yemas de los dedos, que avanzaban sin torpezas, y con resolución, hasta deshacer una maraña de obstáculos levantados hacía tiempo *por-no-se-sabía-quién*, ni para qué. Dilucidaban a su modo, lo elucidable. Inventaban sus propias sorpresas, arrojos y pavores, sobre la piel, y el cuerpo de ese otro cuerpo, que aguardaban seguramente por la llegada de las manos, como exploradoras ávidas y dichosas de tantos pormenores. Lo demás eran silencios en cuyos intervalos había como una música nunca escrita, y la noche, con su esplendor de piedras negras sobre el negro de hule de esa noche.

Los ruidos que ahora llegaban del fondo de la casa —esporádicos, apagados e inquietantes como si se tratara de esa música que los jóvenes de ahora preferían— volvieron a ponerle en el cuerpo el miedo que la vieja había sentido mientras dormía, y había conseguido despertarla, por lo que volvió ahora a asomarse al portal, así que oyó, por encima de las voces del televisor, las de los novios que ocupaban el balcón. Eran tres parejas, demasiados para hacer nada con el silencio de la calle y la indiferencia o comprensión de los padres.

—La juventud de hoy está perdida... —se dijo Caridad, no obstante, mirando para el balcón donde los jóvenes reían en la semipenumbra medio iluminada por una bombilla. Y haciendo un esfuerzo extraordinario, se sacó de adentro aquella voz quebrada conque se dirigió a aquellos—: Oigan, muchachos, no dejen de

35

decirle a Lica, que la estoy esperando... ¡Qué no voy a acostarme hasta que no venga por acá! ¡Qué no se les olvide decírselo!

Si se trataba de ladrones —pensaba la vieja para darse ánimos— bastaban seguramente sus palabras para alertarlos, y ponerlos en fuga sin consecuencias que lamentar para nadie. Después de todo, no otra cosa habría querido ella. La vecina llegó pronto, avisada de que algo había detrás de las palabras de Cacha. La acompañaba su marido. A pesar de su insistencia, estos no consiguieron percibir nada que no fuera el silencio absoluto que procedía del patio, hasta que el convencimiento de ella hubo calado finalmente en ellos, y alcanzaron entonces a percibir cosas, silencios y músicas perturbadores, que procedían del sitio que la vieja les indicaba. Armado de una linterna, Leandro se deslizó entonces hasta la cocina, intentando no arrastrar los pies sobre el embaldosado. La fricción de las suelas, el ritmo de su respiración acechante y el golpear desenfrenado que provenía de la linterna fuertemente apretada por el hombre, vinieron a sumarse al concierto, y como si los verdaderos instrumentos se percataran repentinamente de aquella intromisión, cesaron de repente. La noche también se detuvo, y ya no fue silencio lo que se escuchó, sino el zumbido de allá fuera penetrando por el resquicio de la puerta entreabierta, que inundaba la casa toda. Cuando la mano de su mujer accionó el interruptor, según habían convenido, la de Leandro ya se había alzado muy rápido y muy alto para golpear con la linterna, y era tarde para detener su descenso fulminante. Éste se estrelló contra el antebrazo de Ilirio que había conseguido interponérsele. El hueso se quebró limpiamente, con un sonido de cristal, seco y cimbreante al mismo tiempo, y el dolor, súbito como la mordedura de una culebra echó por tierra al muchacho.

—¡Ah, par de cabrones…! —dijo la vieja que venía a la saga de los otros, sin percatarse al parecer de lo sucedido. Y dirigiéndose al muchacho que había venido con Ilirio esa tarde— ¿Y tú, qué cuento vas a hacerme ahora?

En ese instante, debió percatarse de lo ocurrido a su nieto, que se esforzaba en sofocar el dolor que el brazo roto le causaba, echado sobre el piso. A la precaria luz que ahora brotaba de una bombilla macilenta a través de la puerta de par en par, vio al otro muchacho sostener la cabeza de Ilirio sobre su regazo, mientras musitaba en su oído, palabras que ninguno alcanzaba a comprender cabalmente. Cacha debió sentirse desconcertada de repente, demasiado desconcertada para sentir verdadera lástima del nieto que parecía requerirla.

—Enseguidita vuelvo, Cacha, no se preocupe —oyó que decía Lica la vecina—. ¡Esto es más serio de lo que pensaba! Hay que dar parte de esto enseguida, a la policía.

—No, Lica, hija, a la policía, no —se oyó decir a sí misma la dueña de casa, reponiéndose de lo que fuera, que había conseguido entorpecer hasta entonces su resolución—. ¿Para qué, si se trataba de mi nieto? ¡Una equivocación! ¡Un error que tiene cualquiera! Además, no quiero pasar más vergüenzas... ¡Que vaya a decirse de mi propio nieto que intentaba robarme!

—¡Ay Cacha, mi vieja, lo siento mucho, pero mi deber es informar de todo, y tengo que cumplirlo! —le replicó la vecina con cierta dureza—. Además, usted me perdona, vieja, pero aquí hay *gato encerrado*. —los ojos de la anciana se encontraron un momento con los de la otra mujer, (tal vez hubiera en ellos una súplica de algo, que ella misma no acertaba a saber), pero la que había hablado último no pareció compadecerse.

—Hay que dar cuenta de todo, Cacha, usted lo sabe. ¡Y esto…! Esto… —volvió a decir, y luego, tal vez para suavizar un poco el tono empleado, agregó echándole un brazo por encima de los hombros—: Mire, no se preocupe por nada. Déjelo en mis manos. Los *compañeros* estarán aquí enseguida... Usted verá que todo se resuelve.

Alguno de los muchachos que regresaba a la casa a esta hora, se asomó a la escena con cu-riosidad y desconcierto. Todavía sin comprender lo que sucedía, se percató de que la abuela parecía a punto de desplomarse.

—Venga, abuela, apóyese en mí. Venga. Siéntese no se vaya a caer y a romperse un hueso. Enseguida le traigo un vaso de agua.

II

POR ESTE DERROTERO

EL INSTRUMENTO

La mañana, remontando muy alto en el cielo, penetraba por la ventana a raudales como una cometa ebria de luz. Se despertó con el cuerpo adolorido, y una ligera jaqueca. Desde el lecho, podía verla revolotear arriba. ¡Alto! ¡Muy alto! Zigzagueante, ocultaba brevemente su resplandor por entre las ramas de los árboles, y parecía acometida por un temblor de alturas. Otras veces se desvanecía entre nubes que la amparaban escuetamente en su brevedad. Aleteaba, y remontaba luego el espacio azul, enmarcado por la ventana. Más allá de este confín se adivinaba el resto: dos alas vastas y poderosas; el cuerpo, con los miembros como esculpidos en la perfección de su vuelo por un cincel de antigua, y hoy olvidada destreza; y asentada sobre el cuello, una cabeza coronada por largos cabellos que flotaban en la brisa.

Sintió el impulso de asomarse a la ventana, pero un impulso contrario lo condujo en dirección del piano. Ocupó la banqueta frente al instrumento y aguardó el tiempo que le requería concentrarse. Los dedos recorrieron por sí mismos el teclado, apartando las notas, distinguiéndolas,

41

y combinándolas como quien se sacude el agua de las manos después de hundirlas en la corriente. Antes apagado, el instrumento fue dando un murmullo *in crescendo*, en el que se distinguían varios registros, pero sobre todo, persistía una despreocupada cháchara dominguera. Mas, de repente, el intérprete dejó de tocar cual si cayera sobre esta fiesta convocada por sus dedos, un inesperado chubasco. Se había alzado un instante de la banqueta, para extraviarse en la reñida contienda de sus pies por encontrar en cualquier parte unas pantuflas con que calzarse. Tal vez sintiera frío, o se tratara de la anticipación de ese brevísimo solaz, que le proporcionaría a sus pies el contacto con la felpa suavísima, de que aquéllas estaban revestidas por dentro, porque una vez conseguida al fin esta sensación de bienestar, arrastró los pies sobre las baldosas del piso, hasta el baño próximo. Hizo girar entonces las llaves del agua de la bañera para darse un baño que lo compusiera. Aunque se hubiera levantado tarde, había dormido poco y mal, se dijo. Graduó la temperatura del agua hasta quedar satisfecho, y aguardó a que la bañera estuviera medio llena para entrar en la corriente. Dejó ir su cuerpo como el pez que devuelto a su elemento, resbala sobre sus escamas en busca de un centro esquivo. Convencido de no poder hallarlo se dejó bollar en busca de oxígeno. Las malangas ornamentales del baño le devolvieron un reflejo de hojas que parecían sumergidas en su propia luz. Sus dedos se entretuvieron en jugar con el agua como calamares húmedos y chorreantes —acaso ahítos y satisfechos de su propia destreza—. Ahora los muslos insinuaban un perfil de delfines a medio sumergir, detenidos en la simetría del salto por una mano que deseara pintarlos. Los dedos como pulpos desangrados de su tinta se hundieron de repente entre los muslos-delfines que parecían aguardar la excusa propicia para completar el salto, y hundirse al cabo en la profundidad hialina con un espumareo de gozo.

Permaneció así por mucho tiempo, hasta que el agua comenzó a enfriarse. Navajitas en la piel, espinitas del madero de una balaustrada, astillas de un cristal muy triturado. Se puso de pie e hizo que el agua saliera ahora por la regadera que colgaba sobre su cabeza, a la vez que destapaba la bañera para que el agua acogida se marchara a su rodar quién sabe. Sonidos del agua despeñándose, del agua que cae sobre su cuerpo, que golpea la superficie de la bañera; la cortina impermeable que suena cual parche de cuero; que arranca un tintineo a la superficie metálica de la jabonera. Aspersión de agua, de sonidos; de olores cálidos, húmedos. Corta de repente el chorro del agua, descorre la cortina impermeable, alcanza la toalla y comienza a secarse mientras silba alguna cosa impensadamente. La toalla en que se arropa —más que secarse propiamente— le presta a la piel una suavidad de sensaciones que se reparten por toda ella, como racimos de uvas blancas en sazón, reventando al contacto. Dulce aljófar el de las gotas que recoge la toalla aún sedienta, aún no suficientemente impregnada, no ahíta todavía. Chorrea el pelo. Gotea sobre la esterilla del piso una aspersión apagada. El espejo no le devuelve otra cosa que niebla. Una niebla espesa. Allá detrás, en algún lugar remoto o cercano, debe hallarse su imagen desnuda. Imagina el que ha de ser, o más bien, alguien cualquiera que permanece oculto entre la niebla profusa del espejo, acechante. Tal vez se trate de él mismo, no del que ahora es, sino del que una vez fuera. Al salir del baño lo deja estar, emboscado en su silencio al otro lado, como haciéndose esperar de él.

De repente, el timbre del teléfono, que allá abajo no deja de repiquetear su insistencia, quiere arrancarlo a la molicie que ha logrado apoderarse de él. Indiferente a esta perturbación, se vuelve sobre sus pasos para completar con el de los dientes, el aseo general. *Se inclina sobre el lavamanos mientras el teléfono no deja de sonar: "Rinnn... Rinnn... Rinnn...». Ha terminado por adoptar un aire persuasivo de "vamos-hombre-responde. Sé-muy-bien-que-estás-ahí...». Esta sensación parece al fin corromperlo todo alrededor suyo. El otro del espejo parece que lo mira. Una mirada inexpresiva, burlona tal vez, que se abriera paso apartando nieblas hasta dar con sus ojos.*

—*¡Responde! —le dice—. ¿Por qué no respondes de una vez? ¡Entérate!*

Se enjuaga la boca. Parece que blasfema al arrojar el buche de agua contra el interior del lavamanos. Se seca alrededor de la boca, la barbilla, con una toalla de mano, breve. Se dispone a contestar el teléfono, cuando éste deja de sonar al fin.

Entonces, vuelve al piano, confiado de poder tocar en paz. Sus pies desnudos —escapados a las pantuflas— tocan apenas los pedales metálicos. La frialdad del metal contrasta con la tibieza abandonada, del mismo modo en que las teclas (negras y blancas) se distancian y complementan unas a otras.

No puede concentrarse. Lo disocia nuevamente el rinrinear del teléfono. Pero esta vez lo responde, después de alguna vacilación:

—*¿Sí...? Diga... —la voz al otro lado de la línea parece replegarse un momento, acaso desconcertada de la firmeza conque tropieza—. Oigo... ¡Óigame lo que voy a decirle, si usted sigue con esta broma le aseguro que voy a...! —de repente la voz abandona su emboscada, se le viene encima, soez, agresiva.*

—*¡Van a rodar cabezas, Gambeta! ¡Esta vez si que no va a quedar títere con cabeza!... Pa' que lo sepas y te vayas enterando, so maricón! Esta vez sí que te jodiste.*

Tiene la impresión de haber sido abofeteado sin consideración alguna, por un desconocido que presume de su agravio. Se ha quedado sin saber qué hacerse con el furor de sus manos entre las que retiene el teléfono. Finalmente lo coloca una vez más sobre el gancho, y casi enseguida vuelve a descolgarlo y lo deja sobre la mesita donde reposa el aparato. Ahora se le antoja un fósil de forma caprichosa (una forma carbonizada); un murciélago momificado por la mano de un taxidermista inexperto o chapucero. Le superpone la imagen de una pintura o de un objeto surrealista, de Dalí o Max Ernst, tal vez de Magritte —no podría recordarlo— y está a punto de preguntarse qué hace allí, en su sala, semejante adefesio. (Y no piensa, en la forma interpretada por el artista, sino en el engendro mismo que intenta escaparse a alguna parte, y al intentarlo arrastra consigo, como haría cualquier falderillo inocente, la base de pasta negra a la que está conectado. ¡Tal vez condenado! —se dice). Luego se deshace de estas ideas sacudiendo vigorosamente la cabeza, como le ha visto hacer muchas veces a los caballos. (¿De qué ideas abrumadoras semejantes a las suyas intentarán librarse ellos?) Hace por deshacerse de toda esta confusión.

¿En qué momento había comenzado el acoso? ¿Cómo podía ser que así, de repente…? ¿Y él, qué tenía que ver con nada de eso que pudiera estar sucediendo? Aquello otro… Ahora volvía a recordarlo, vagamente, como si se tratara de un extraño, se había resuelto al fin, felizmente. Algunas gestiones en el momento oportuno, ante quien podía tomar estas decisiones, y todo quedaba resuelto. ¿Y ahora, después de tanto tiempo, qué sucedía de nuevo? Se dice que lo mejor es aguardar. No salir de casa. No exponerse. Aguardar a que todo esto —lo que alcance a ser— pase de una vez, y las aguas recobren su nivel. Siempre ha sido así. No hay que

exponerse, exhibiéndose a la luz del sol en estos momentos.
¡Aguardar! ¡Y estarse tranquilo! Nada de llamadas impruden-
tes que lejos de ayudarlo en su situación pudieran comprome-
terlo. Ensaya a escuchar algún disco. Toma asiento cerca del
tocadiscos para escucharlo. En este mismo instante se escucha
el estrépito que causa el vidrio de una de las ventanas, al frac-
turarse en mil y un pedazos, esquirlas, escoria de cristal que
se esparce en un amplio radio. Una segunda pedrada alcan-
za la vidriera de la saleta, que reproduce un Amelia Peláez.
Esa vidriera habría sobrevivido a un número incontable de
huracanes y otros meteoros de mayor o menor cuantía, des-
de que en el año cincuenta y cinco, su padre —que en gloria
esté— lo había adquirido y regalado a su mujer como regalo
de cumpleaños. Años después, cuando su madre decidió mar-
charse, o se vio impelida a hacerlo, como no estaba autorizada
a llevarse la vidriera consigo se la encargó a él, mientras él no
se marchara también, o las cosas cambiaran de manera que
ella pudiera volver pronto como quería. Una manita pequeña
colgaba ahora, intacta, acogida al ala del sombrero femenino,
como si ésta se tratara de un adorno cualquiera, colgado allí.
Hilos de plomo destrenzados retienen apenas un fragmento.
Una dispersión frutal confunde en su estallido el rojo terroso
del mamey con el amarillo verdoso del marañón, que tira
hacia el rojo crepuscular. El negro de la semilla de mamey
se inserta entre el verde de las hojas, y hay por todas partes
azules, ocres, rojos grana. La irrupción de las piedras en el
recinto, y el estrépito de los cristales al romperse son segui-
dos por un extraño silencio amenazante. Debajo del balcón
que da a la calle, se alcanza a oír voces, muy quedas. Pero él
no se asoma. Incrédulo y horrorizado, contempla el destrozo
que ha penetrado en su sala a través de las ventanas. Voces
exasperadas suben de tono repentinamente, y una pertinaz
lluvia de piedras de variados tamaños las respalda. En la dis-

tancia, se escuchan las sirenas que se acercan al lugar. Entre tanto, él busca un rincón donde guarecerse de la pedrea. Lo halla escaleras arriba, en uno de los dormitorios que dan al fondo del edificio. Allí lo sorprende la noche. La llegada de la policía, destinada al parecer a poner fin a la agresión de que es víctima, apenas ha conseguido —o procurado— evitar que continúe el apedreo. Por otra parte, destacamentos de hombres y mujeres entre los que podría reconocer a muchos, continúan manifestándose debajo del balcón. Parece que se turnan para que haya siempre bajo el balcón un número crecido de personas. Desde el retiro que ha conseguido elegir finalmente, él los escucha como si se tratara siempre de los mismos. Se pregunta, ¿cómo pueden ser posibles todavía, un fervor semejante, y tanta persistencia de odios? Piensa también —aunque preferiría no hacerlo— en lo difícil de su situación.

El teléfono no ha vuelto a sonar después de haber hablado con Mauricio. Éste le había rogado no incomunicarse por nada del mundo, y le había prometido llamar cada diez o quince minutos hasta que aquello cesara de una vez. Al final acabarían por cansarse. Cuando vuelve a sonar el teléfono, lo responde calculando que deben haber transcurrido más de quince, tal vez veinte minutos. La voz de su hermana le resulta desconocida al comienzo. Quiere tranquilizarla con unas pocas palabras que tengan el efecto de transmitirle una serenidad, de la que él mismo carece. Además, aprovecha la conversación con su hermana para comunicar sus verdaderas intenciones a los posibles escuchas:

—¡Tú, tranquila! ¡Se trata de un malentendido, claro! ¡Un malentendido! ¡Sí, eso mismo...! ¡Figúrate!... Una confusión tremenda. Destrozaron a pedradas la vidriera... Me rompieron el televisor... Los cristales de algunos cuadros... ¡Pero nada de eso tiene la menor importancia! ¡Sí! ¡Sí! La indignación de la gente… Pagan justos por pecadores. No te preocupes, que no pienso moverme de mi casa por nada del mundo. Si no me fui antes, ¿por qué me iría ahora a ninguna parte? No se te ocurra aparecerte por aquí. No te preocupes por mí... Todo se aclarará seguramente. ¡Claro! ¡Claro! ¡Tiene que aclararse!... No te preocupes... Te llamo yo. Chau.

Consulta su reloj de pulsera, y se da cuenta lo tarde que se ha hecho. Siente deseos de bajar a la sala, curiosidad. Tal vez busque certezas que no podrían encontrarse allí de ningún modo, mucho menos ahora. Por lo bajo se está diciendo que no debe perder el control. *¡Pensar con claridad! Tal vez hacer algunas llamadas. Mauricio no, algún otro que pueda ayudarlo efectivamente, a salir de la situación en que se encuentra. Alguno otro de los que todavía quedan. ¡Su tío Abelardo! Alguien que no tema comprometerse. En una posición tal, que pueda y quiera ayudarlo sin contratiempo alguno. De repente cae en cuenta de que no podría haber nadie en condiciones —y en disposición— de ayudarlo. Entonces, ¡Esperar! Y serenarse. Serenidad y paciencia. No consigue evitar que le tiemblen las manos mientras intenta componer aquel destrozo.*

—Piano, hombre... Piano... —se dice, aunque no haya convicción en sus palabras—. ¡Calma! ¡Mucha calma! La calma es lo único que no debes perder por nada del mundo. ¡Piano!.... ¡Pianísimo...! No es nada. Una pesadilla. Un mal sueño.

Tal vez por mera asociación, se sienta al instrumento en medio de la penumbra que ahora llena la habitación. Los dedos rozan apenas el teclado. No improvisan esta vez, sino que acometen la melodía de una de sus piezas favoritas. El perfume de las mariposas en flor se alza hasta él *por entre los tiestos destrozados que colman el balcón.* Mientras toca, tiene la impresión de ser observado por unos ojos ubicuos, fijos en él. Instintivamente los busca, dejando que sus ojos resbalen sobre los objetos que lo rodean en la semipenumbra de la pieza, hasta alcanzar el otro lado de la calle. El reflejo de la luna sobre unos binoculares de teatro, fijos en él, hacen que deje de tocar. *Desde el balcón del frente, una mujer que debe ser vieja, agita las manos hacia él. Pese a que también la habitación se halla en penumbras, puede verla a la luz de la luna una de las veces que aquélla se asoma apenas a la salida del balcón. Por un instante, llega a temer que se esté gestando contra él algo más que un linchamiento simbólico —vicariamente ejecutado sobre sus bienes— que aquello no haya pasado de ser el preludio de otro acto, menos simbólico. La mujer vieja desaparece un momento en la penumbra de la casa, para volver con una linterna cuyo haz de luz dirige hacia él. Ahora él puede verla hacer, pues la mujer se asoma al balcón sin cuidarse como antes de ser vista. Con un ademán insistente de su mano libre, y aires de conspirador en activo, lo está invitando a venir a ella, acaso a salvar la calle (y el vacío que los separa) empleando como puente el haz de luz de la linterna.*

—*Vamos, hombre, escápese usted...* —la oye susurrar. Esto le parece oírle. En todo caso es un susurro lo que escucha—. *Ya sabía yo que volverían. Siempre vuelven. Venga usted... El ghetto tiene una salida secreta que sólo yo conozco. He ayudado a muchos. ¡Sígame usted...!*

La mujer desaparece hacia el interior de la casa, seguramente convencida de ser obedecida por él. Una luz se enciende al fondo de un pasillo entrevisto fugazmen-

te, *y vuelve a apagarse. A esta luz cree divisar más de una silueta. Por último todo vuelve a quedar en calma.* Pronto se convence de que aquello no podría haber sido sino un sueño, una pesadilla dentro de la otra pesadilla que ya dura dos, tres días.

—Alucino —se dice, y nombrar aquello que le ocurre le permite alcanzar algún sosiego. La frente calenturienta—. Debo tener fiebre.

Tal vez cuando todo esto haya pasado... Cuando haya pasado mucho tiempo... Cuando todo por fin se haya desvanecido alguna vez y no persista —contra sus deseos— la memoria de los aniversarios...

De su marasmo lo arrancan los golpes a la puerta del apartamento. Desde hace horas, la calle da la impresión de hallarse vacía. Los golpes se redoblan. No son algo imaginado por él. Ahora se escuchan voces. Por un instante tiene la sensación de haber vivido ya, mucho antes, esta misma experiencia, aunque no pueda ser. De algún lugar remoto de sus huesos, que ha creído olvidado para siempre, resurge el miedo. Es un miedo vago, insensato; otro en su lugar y con su experiencia no tendría dificultad alguna para darle una dirección, un contenido específico, pero él carece de imaginación (de este tipo de imaginación) para atribuirle una forma. ¡No es que sea valiente! —Se dice—. No se considera ni más ni menos valiente que otros. Se trata de otra cosa: imaginación. No dispone de ese género de imaginación del que otros amigos, Mauricio, su hermana... Como no es capaz de sentir miedo de algo concreto, se serena lo mejor que puede. Se da valor mientras avanza hacia la puerta del apartamento. Alza la voz, para preguntar de qué se trata. ¿Quién es a estas horas? Y sobre todo ¿qué busca?

—Abre la puerta, anda... Tienes que venir con nosotros enseguida... Somos de la Seguridad. Tenemos que hablar contigo.

Antes de que consiga abrir la puerta, los hombres se echan sobre ella, y están a punto de pegarle un portazo en la cara. Varios se precipitan al interior del apartamento, a la vez que alguno lo obliga a ponerse de frente a la pared, abierto de piernas, mientras lo cachea.

—Cámbiate, anda... Para que vengas con nosotros...

—Debe tratarse de un error. —Dice él—. Yo nada más que me ocupo de mi música... Soy un artista...

—Sabemos perfectamente quién eres —es la respuesta.

—Mejor es que te calles, y te vistas... Tienes que venir con nosotros, porque te vamos a sacar del país sin líos..., esta misma noche. Si te portas como debes, y haces todo lo que vamos a indicarte, algún día a lo mejor hasta te dejamos volver de visita. No somos unos monstruos desalmados... Pero estos son momentos difíciles. Si eres patriota de verdad, si de verdad amas a tu patria, lo mejor que puedes hacer es sacrificarte por ella. No tienes que ser revolucionario... ¡Ni siquiera hombre...!

Antes de que él pueda replicar algo, otra voz lo disuade:

—¿A quién te crees tú que puedes engañar...? ¿A nosotros que lo sabemos todo, y lo que no, podemos hasta inventarlo si queremos...? Tenemos a nuestra disposición todos los medios... No se te olvide.

—¡Sabemos que estuviste en la U.M.A.P! —dice por último, el primero de los dos hombres que conducen la redada, reprochándole a él por aquella experiencia vergonzosa, de la que había conseguido librarse a los dos meses, gracias a las gestiones de su hermana, entonces casada con alguien influyente.

—Nosotros te proponemos un trato. Tú te vas tranquilito, no haces declaraciones contra nuestro país —para eso contamos con tu conciencia patriótica—; (de paso te reúnes con tu mamá, que ya está muy vieja y necesita

a su lado un hijo como tú), y a cambio la Revolución es generosa contigo. ¡Muy generosa! Vivimos tiempos muy difíciles. Y no podemos poner en juego la supervivencia de la Revolución, por andarnos con contemplaciones de ningún tipo. Pero la Revolución es fuerte a pesar de todo y se puede permitir ser generosa hasta con sus enemigos... ¡Ya sé! ¡Ya sé! Lo sabemos todo. Tú no eres precisamente un contrarrevolucionario. ¡Eres un artista...! Todo eso, pero también están tus inclinaciones... Una persona como tú, es una lástima, porque... Pero ésa es la política de la Revolución en estos momentos, y a nosotros nos toca cumplirla, y hacer que se cumpla. ¡Elige tú!

Apenas tiene tiempo de cambiarse. Afuera —en la acera— acaba de ponerse la camisa. Se deja conducir con docilidad por los dos oficiales que lo ayudan a entrar a la parte trasera de un automóvil. De repente se ve rodeado por una multitud de fotógrafos surgidos de ninguna parte. Es fotografiado incesantemente por ellos; ruedan las cámaras de cine; la televisión, también está. Ahora una multitud vociferante —seguramente la misma que ha estado desfilando horas antes bajo su balcón— se echa a correr contra el automóvil en marcha. Una mujer golpea con su bolso el cristal trasero del automóvil, y no satisfecha aún lanza un escupitajo enérgico contra el auto. Otra, cae al pavimento al intentar aferrarse a una de las puertas.

—¿Ves? Si no intervenimos nosotros —le dice uno de los oficiales— nadie garantiza aquí lo que hubiera podido pasarte. El pueblo está indignado... Seguramente hasta piensan que tienes que ver algo con el fuego en el Círculo Infantil. Nosotros sabemos que tú nada tienes que ver con esas provocaciones, desde luego. Fíjate bien, además de criminales, son brutos. ¿Se creía la contrarre-

volución que eso de producir un fuego así, en el lugar donde se cuidan los hijos de muchos dirigentes de la Revolución..., iba a conseguirles apoyo popular? ¡Y menos mal que nos movimos rápido y no pasó nada! Que si llega a pasar, no hay quien detenga la justa indignación del pueblo... Y cuando eso sucede, pagan justos por pecadores, no lo dudes. Podríamos destruirte si quisiéramos, pero la Revolución no gana nada con eso. Para que veas, te vamos a ayudar...

El auto se desliza con rapidez y en silencio por las calles desiertas. Antes de que amanezca ya han salido de la ciudad, y se aproximan a una instalación militar situada en la costa. Para él todo sucede con rapidez suma. Cientos o miles de personas —prisioneros tal vez— hacinados en aquel lugar apartado de la costa, aguardan a que algo ocurra. Él, en cambio, no tiene que esperar. Cuando le piden dejar sobre la mesa su carné de identidad, se disculpa de haberlo olvidado en casa a causa de la premura, pero uno de los oficiales que lo acompaña le asegura que no tiene mayor importancia. Allí donde lo envían no tendría necesidad de portar este documento —le asegura—. Una última sesión de fotos, (muy breve) y el pasaporte con visado que asegura que él había estado asilado en la Embajada del Perú es puesto en sus manos.

—Pero yo nunca estuve en la Embajada, teniente... ¡Ése, debe ser el error!...

El oficial al que se dirige le sonríe —entre divertido y desconcertado— y deja de mirarlo para buscar un instante las miradas cómplices de los demás oficiales.

—Coño, chico, pero ¿tú no quieres irte? ¿En qué mundo vives tú, que no te das cuenta de nada? ¿Tú ves ahí a toda esa gente esperando? Míralos con qué envidia te miran. ¡Otra oportunidad como ésta no se vuelve a dar,

para que lo sepas bien! Nosotros te estamos haciendo un favor... ¡No jodas más!... ¡Y acaba de largarte...!

Él va a decir algo, pero se da cuenta, de que ya no le queda nada por decir. Hasta alguien como él —sin imaginación para estas cosas— puede darse cuenta de lo que ocurre. Tal vez, con un cierto distanciamiento que lo separa de los hechos como si se tratara de otro.

El oficial lo acompaña hasta donde el muelle termina. Le indica un barco, un tablón de madera sin pasarelas que conduce a éste. Impensadamente él cierra los ojos al cruzar. Está evocando el haz de luz de la linterna sobre el que la mujer vieja lo invitara a pasar al otro lado. Igual de insensato, de irreal, le parece cruzar sobre este listón de madera. Una mano se tiende hacia él, lo ase de la muñeca y le ayuda a completar el recorrido. Al abrir los ojos ya es alta mar. Un instante apenas, algo más poderoso que él lo domina, y se vuelve a mirar. Antes de que todo desaparezca de una vez, alcanza a divisar unos penachos de humo negro sobre torres blancas, altísimas. Esos mismos penachos de humo negro acaban por convertirse en flecos, por volverse celajes de engañoso rumbo. Y sin embargo, él no consigue moverse. Llega a temer que pueda haber acabado convirtiéndose en una estatua de sal. Lo saca de su ensimismamiento, una voz que debe serle conocida:

—¿No se lo decía yo? ¿Que conocía muy bien una salida oculta para escapar del ghetto? He ayudado a muchos a escaparse... Menos mal que ha podido usted encontrarla... ¡Alégrese, hombre!... Ha tenido usted suerte. ¡Mucha suerte! Son muchos los que no llegan jamás a encontrar la salida de túnel.

LA JORNADA

A Salvador Inclán, cubano de muchas partes.

—¿Y qué? —preguntó la que llegaba, a la otra mujer que se había detenido para aguardarla—. ¿Vamos a tener *descarga*? ¿O los del doce han vuelto a tirarse los cacharros a la cabeza? —hasta ellas, llegaba la voz crispada de una mujer, seguida a veces en rezago por otra, apenas discernible desde esta distancia.

—¡Ojalá! —dijo la que aguardaba, seguramente en referencia a la posibilidad de que se estuviera organizando una fiesta—. Pero qué va, hija... Tú sabes que aquí, hasta los días festivos están *«cerrados por reparación, hasta nuevo aviso»*. ¡De eso nada, y *de lo otro, tampoco!*

—¿Y entonces, *cuál es la vuelta*?

—Nada, chica, que María Julia, la del veinticinco, ha vuelto a ponerse de pico a pico con Silvitica. ¡Por lo mismo de siempre!

—Ésa se ha creído que porque lleva más tiempo que nadie viviendo aquí, es la dueña del tinglado éste. ¡Por mí, se lo regalaba completo! Total, ¿para lo que lo quiero?

La mayor de las dos mujeres echó ahora una mirada de incredulidad, entre burlona y agresiva, a la que se le había unido a la entrada del edificio.

—Bueno, tampoco así, digo yo. ¡A ver, dime una cosa, muñeca! ¿Y tú, dónde te ibas a meter? ¡Un techo es un techo, digan lo que quieran! Además, Silvitica será todo lo que te parezca, pero en eso de la limpieza tiene razón, mi hermana. Si todo el mundo ensucia, y nadie quiere limpiar, en vez de vivir en una cuartería, íbamos a vivir como los puercos, vieja.

—¡Y estaríamos mejor, vieja! Como los puercos de *quien tú sabes* en todo caso. ¡Con agua corriente, aire acondicionado y *el sancocho* asegurado! Por mí, que se venga abajo toda esta mierda ahora mismo, y nos aplaste de una vez.

—Bueno, habla por ti, si quieres, que lo que soy yo, tengo dos hijos chiquitos todavía y mucho que vivir por delante de mí.

Habían comenzado a ascender las escaleras llevando en brazos las mazorcas de maíz por las que habían ido a la placita cercana.

—¡Bah!, ¿vivir? Yo no sé lo que será eso, pero de lo que sí estoy segura es de que esto no es vida ni cosa que se parezca.

Las dos mujeres ahora guardaron silencio y siguieron ascendiendo las escaleras con pasos acompasados.

—A lo mejor debías de dar gracias todavía, en vez de tanto quejarte.

—¡¿Gracias?! ¿Gracias a quién, vieja? ¿Gracias de qué? Mira: las gracias las hacen los monos, y para eso, fíjate las de cosas que tienen que hacer los pobrecitos.

—Techo tienes. Y comida, mal que bien, algo aparece siempre. Y si te enfermas, tu médico que te atienda no te falta.

—Allá tú, que tienes mentalidad de convaleciente, y estás siempre en recuperación preventiva. ¡Yo no, mi vida! Nunca me resignaré a esta mierda. Y eso de los médicos, otro cuento que te han hecho creer.

La mayor de las mujeres había bajado la voz como si de repente cobrara conciencia de algún peligro indefinido aposentado muy próximo.

—Aquí, el que se resigna se muere, y el que no, también. Lo mejor es no morirse, ¿oíste?

—Pues yo no me resigno, para que sepas.

—¡Allá tú! Por mí, no habrá sido. Pero deberías de pensar un poco más en lo que dices, al menos por tus sobrinos que son unas criaturas. Porque aquí los platos que uno rompe los pagamos todos.

Al encuentro, ahora que habían por fin alcanzado el piso superior, les salían las voces de Silvitica y María Julia:

—Pues si no te gusta, vieja, múdate. Consíguete un chino de los que ya no hay, que te ponga un cuarto en alguna parte, y lárgate con viento fresco. Por fin es, que el edificio no lo registraron a tu nombre, ni te lo dejó en herencia el Marqués de Aguas Claras ése.

—Un poco de decencia, y de consideración es todo lo que hace falta. Y ser más limpios... Que aquí no se puede vivir como si todavía estuvieras por allá por las lomas de Oriente.

—¡Miren quién habla! Como si todo el mundo no supiera, que tú eres una *guajira* de Cienfuegos. Y a fin de cuentas, que en La Habana lo que menos hay es habaneros.

—Cienfuegos es una ciudad, para que te enteres de una vez, so ignorante. ¡Una gran ciudad!

Varias mazorcas rodaron al piso, cuando una de las dos mujeres que llegaban intentó hacer girar la llave en la cerradura para abrir la puerta del cuartico subrepticiamente. La pieza era en extremo reducida y en ella se hacinaban cosas. La segunda de las mujeres entró a la habitación en seguimiento de la otra, y sólo después que hubo depositado sobre una mesa las mazorcas que acarreaba, volvió sobre sus pasos para recoger las que yacían esparcidas por el piso.

—Mejor avisarles que llegó maíz a la placita. No quieres que después la cojan con nosotras, y nos hagan la vida imposible. ¡Que si por no avisarles…! ¡Que si pito que si flauta! Porque aquí para virarte los cañones cualquier alianza es posible.

—¡Hasta la de Oriente y Occidente!

—Bueno, más bien Oriente y el Centro.

—¡Y mira que aún llamar vida a esto!

—Bueno, vieja, anda ya, y no rezongues más. Mira que está comenzando a dolerme un poco la cabeza. ¡Ve y avísales! ¡A ver si con la distracción se callan un poco!

—¿Por qué no tomas una aspirina?

—Porque no hay.

—Puedo pasar por la farmacia.

—Es perder el tiempo.

—Le preguntaré a Silvitica si por casualidad le queda alguna.

—Mejor es que no lo hagas, no vaya a ser que María Julia se dé por ofendida.

—¿Y tú qué tienes que agradecerle a ésa?

—Tú sabes muy bien que no me gustan los líos de ninguna clase.

—No, lo tuyo es la paz cueste lo que cueste, mi hermana. Razón tenía mamá que en paz descanse.

—La paz no tiene precio, chica. No se puede vivir siempre en un tira y *jala* constante. Lo mejor es llevarse bien con todo el mundo.

—Eso es imposible, y tú lo sabes bien. O si no, deberías de saberlo. Y, además, que tú no eres Mahatma Ghandi, ni cosa que lo parezca.

—Yo quisiera que alguien me dijera a mí, qué hay de malo en querer tener un poco de paz, ¿a ver?

—¡Ay, Clarita, vieja! Lo tuyo no tiene remedio. Tú naciste en el país equivocado, en el momento equivocado. ¡Y no acabas de enterarte!

—Si no me atormentaras como lo haces, no tendría dolores de cabeza.

Sin responder esta vez, la más joven de las dos mujeres abandonó la pieza y salió al pasillo, cubierto de losetas empercudidas o rotas, en cuyos motivos podía aún reconocerse el pasado esplendor de la casa. En el pasillo se encontró a otros vecinos, que de algún modo tomaban parte —a distancia— en el duelo de palabras entre la oriental y la cienfueguera. Absorto en sabe Dios qué mundos de los cientos que poblaban su cabeza, y evitando a los vecinos, bajaba en esos momentos Alejandro, *el Macedonio*. Luz no pudo evitar darse de manos a boca con el hombre, que empeñado en jugar una rayuela sin nombre, parecía evitar unas losetas saltando por encima de ellas para caer sobre otras, que debían poseer —ésas sí— una cualidad de trampolín más favorable a su empeño.

—Oye, Alejandro —le espetó Luz, que ya lo veía perderse escaleras abajo—. ¿Sabes dónde podría conseguir una aspirina?

El hombre se detuvo en seco, como si necesitara desviar su atención un instante, de aquella otra actividad que reclamaba toda su atención.

—La compañera Moraima, la del cuarenta y cinco, puede que tenga... Puede que tenga... ¡A lo mejor puede que tenga! ¡A lo mejorcito...! ¡A lo mejor...! ¡Y no hay de qué! ¡No señor, no hay de qué! No hay de qué, puede que tenga...

—Eres un amor, Alejandro —dijo ahora Luz, en tanto el hombre reanudaba su accidentado trayecto escaleras abajo hasta alcanzar la calle.

Moraima la hizo pasar con un gesto que debía bastar a comunicarle su contrariedad por la pelea que tenía lugar a sólo unos metros de distancia.

—¡Ah, eres tú, Luz! Pasa, muchacha. Pasa. Entra enseguida para que ni nos vean esas dos. No vaya a ser que nos quieran poner de testigos y terminemos en las patas de los caballos. ¡Qué agonía por Dios! No hay derecho. Vivir en un solar y tener que convivir con gente de esa clase. Yo nací y me crié en un solar. Y nunca he vivido nada más que en este solar, porque a mí si es verdad que *esto* no me ha dado nada de nada. ¡Al contrario! De eso no quiero ni hablar. Pero antes aquí se vivía decentemente. Las cosas que a una la molestaban un poco, no tienen siquiera comparación con lo de hoy en día. ¡Éste era un solar de gente decente! Pero siéntate, vieja, siéntate, que te voy a hacer un buchito de café. Bueno, eso de café es un decir, ¿no? De café no, de borras.

—Ay, no, Moraima, vieja, déjelo. Usted sabe que yo no soy muy tomadora de café. ¿Para qué acostumbrarse una a esas cosas? Venía, a ver si tenía una aspirina que me diera, para Clarita mi hermana que está rabiando del dolor de cabeza.

—Y no es para menos, no digo yo. Con ese escándalo y esa *chusmería* ¿quién no va a coger dolor de cabeza? Espérate que enseguida te la busco. ¡Siempre tengo por si acaso! En este mundo en que vivimos, uno nunca sabe. Y Ricardo, el boticario, siempre que vienen a la Farmacia me guarda mi frasquito. Tú sabes que él y *el difunto* fueron muy buenos amigos. ¡Antes, sí que había amigos! Cuando se hacía un amigo, era para toda la vida. Ya tú ves, en nombre de esa amistad todavía Ricardo me guarda mi frasco de aspirinas, y de cualquier cosa que me haga falta y se consiga en la Farmacia. Así que ya sabes, cuando necesites, no tienes nada más que pasar por aquí. ¡Aquí tienes! Llévate unas cuantas para que no te falten.

—¡Ay, Moraima, muchísimas gracias, vieja! Usted no sabe...

—No hay de qué, hija. No hay de qué. ¿De verdad que no quieres un cafecito?

Cuando regresó al cuarto que compartía con su hermana y tres sobrinos pequeños, aquélla dormitaba recostada en el único balance que había en la pieza. La durmiente entreabrió los ojos al oírla entrar.

—Un café bien fuerte es todo lo que necesito.

—A falta de pan, casabe, y si no, pan de crepé —respondió Luz, alargándole dos pastillas y un vaso con agua.

—Gracias, mi hermanita. ¡Qué Dios te lo pague pronto con un buen hombre!

Luz no respondió aquello que le pasó por la mente como un relámpago. De este fuego que cruzó por sus ojos y se fue apagando allí igual que un ascua muda en cenizas sus furores, no quedaban rastros cuando colocó el vaso sobre la mesita de comer.

—¡Ay, Clari, vieja! —no pudo menos que decirse, todavía pensando en las palabras de la hermana, y sintiendo una mezcla de envidia y desdén por ella, mientras miraba fijamente la pared que tenía delante—. ¡Tú siempre conformándote con tan poco!

MACHISMO-NIHILISMO

Abajo, debían aguardarnos ya nuestros amigos, según era costumbre que sucediera. Esto de aguardar los unos por los otros, era cosa que se daba por descontado. Aracelis y yo descendimos la escalinata para encontrarnos en la acera con Pepe y Yolanda. (O, según insistía Aracelis en enmendarnos la plana a «los varones», con «Yolanda y Pepe», por aquello —decía— de que «si para ser consecuentes, compañeros, con eso de "las damas son primero" que ustedes mismos dicen», y todo ese cuento en que andaba metida siempre, de «la plena igualdad de las mujeres»). A medida que nos aproximábamos esta vez, creímos adivinar de lo que se trataba. Verdaderamente no había que ser adivino para darse cuenta de que algo bien «gordo» ocurría entre ellos. No nos sorprendió en absoluto. A diferencia de lo que ocurria entre Aracelis y yo, aquello de las peleas y los desencuentros entre ellos era cosa «de rutina» e interveníamos —siempre— tratando de reparar lo que podía ser irreparable, sin hacer caso del «*coño, caballeros, no se metan en lo que no les importa*», ni el «*me cago en mi madre, pero quién coño les dijo que opinaran ni tomaran partido en nada»*. Aracelis terminaba por reprocharles el «*coño*» que ambos prodigaban a diestra y a siniestra, no sólo porque se trataba de una mala palabra, sino sobre todo porque, según decía, constituía una manifestación más de «machismo», reforzada por ese «*caballeros*» pequeño burgués, conque a veces nos llamábamos inconscientemente, en lugar del presuntamente igualitario «*compañeros*». Al final de tales «escaramuzas», según solía ocurrir, ya ni los que peleaban sabían por donde había empezado todo, de manera que era mejor terminar allí mismo el conflicto, o darlo por terminado momentáneamente. Y todos aplaudíamos cuando Pepe y Yolanda (o Yolanda y Pepe) acababan por besarse en los labios furtiva, pero apasionadamente. Aplaudíamos y nos echábamos a andar sin rumbo fijo con el brazo echado sobre los hombros de cada otro, tomándonos la acera y la calle para nosotros, como si se tratara de una «*marcha combativa*», hasta que empezaba el pugilato para decidir a donde coño iríamos para comer algo: un helado, un bocadito, lo que apareciera… Esto era lo que siempre ocurría, lo que hasta aquí había ocurrido. Pero esta vez era obvio, o pronto debió parecérnoslo, que no se trataba de lo mismo de siempre. ¡Otra cosa! No sabíamos qué. No conseguíamos imaginárnoslo. Lo intentábamos, a medida que nos acercábamos a ellos y alcanzábamos a ver los rostros graves y los gestos sobrios, y a percibir la ausencia de palabras y los sollozos entrecortados, pero sin ocultaciones, de Yolanda.

No teníamos idea de nada. No podíamos tenerla cuando, a pesar de lo que veíamos y de lo que no veíamos o escuchábamos, buscamos saber, como si se tratara de lo mismo de siempre, de algo que ya sabíamos o creíamos saber de antemano.

—A ver, Yoli, dinos qué fue lo que te hizo esta vez el sinvergüenza *éste*.

Pero no se trataba, de que quisiera o no contarnos nada. Era evidente que ella nada podía decirnos. Y no porque se lo impidieran los sollozos que la sacudían de aquel modo, como nunca habíamos pensado que pudieran sacudirla a ella ni a nadie, sino de alguna cosa que se resistía a las palabras, las de Yolanda, o las del mismo Pepe.

—Pero qué «*coño*» es lo que pasa, caballeros. Queremos saber. ¡¡Qué pasa?! ¿Ha pasado algo?

❧

La conversación tenía lugar casi en un susurro que los dos hombres, ya mayores, quisieran mantener fuera del alcance de otros oídos. Sin embargo, se hallaban muy próximos el uno frente al otro en el interior de un despacho privado. Los separaba el monumental escritorio al que estaba sentado uno de ellos, pero con todo no era mucha la distancia física que mediaba entre los interlocutores. Se trataba sin dudas de un estilo de conversar.

—Le expreso a usted mi preocupación porque creo que esta vez se ha llegado demasiado lejos, y un elemental sentido de justicia...

El hombre sentado detrás del escritorio lo interrumpió apenas con un gesto, acaso para impedirle decir un desaguisado, o tal vez para ayudar al otro a encontrar las palabras adecuadas.

—Comprendo su preocupación, doctor... Y créame que si se ha cometido algún exceso en este proceso de depuración, doloroso, pero necesario e inevitable para la universidad y para la Revolución…, haré que se rectifique cuánto antes, y que se tomen medidas para que no vuelva a ocurrir algo semejante. Sus palabras serán tomadas en cuenta como es debido, en consideración a su historial revolucionario, al respeto que sus muchos años de trabajo nos inspiran a todos, y a un interés mío personal en que las cosas se hagan como es debido, y no de manera chabacana.

El otro comprendió ahora que había llegado el momento de marcharse, y poniéndose de pie un poco trabajosamente se despidió cordialmente del decano. Entre ellos, si bien no existían simpatías personales o proximidades de otra índole, mediaba un respeto recíproco que lindaba la cordialidad y estaba apuntalado de ciertas convicciones en materia de civilidad. Aunque él había sido desde su más temprana juventud —pensó ahora el decano— un marxista convencido, en tanto el otro se había quedado «*rezagado*» en sus concepciones de izquierda, y en un idealismo burgués de sesgo filosófico muy diferente al suyo, sentía por el doctor Mendieta verdadero respeto. «*Aquí se había quedado cuando tantos otros se marchaban del país*» —se decía, convencido de que se trataba de un argumento de peso en su evaluación del otro—. *Apegado a su cátedra, y afanándose en adaptarse a los cambios que tenían lugar a su alrededor, había seguido fiel a la Revolución, y eso era algo que al menos él valoraba mucho más que el oportunismo de otros que…*». Unos toquecitos a la puerta del despacho lo sacaron de sus pensamientos.

—Usted perdone, doctor, pero es urgente… Hay aquí, en la antesala, un grupo de estudiantes que…, quieren hablar con usted. ¡Insisten en querer verlo ahora mismo! Usted perdone, pero qué les digo…

Contra aquello concreto que le aconsejaban su experiencia y un sexto sentido avizor, accedió a recibir a los estudiantes, quizás por aquello de que eran jóvenes y seguramente estaban confundidos por serlo acaso en demasía. Más adelante se diría con reproche —incluso con alarma— que estaba involucionando hacia una forma inaceptable de «*izquierdismo*» semejante a la de Mendieta, lo que en el caso de aquél podía excusarse a causa de la edad y de su propia formación pequeño-burguesa, pero en el suyo constituía una aberración y un retroceso. Sin dudas se trataba del efecto de aquella conversación —se dijo— sostenida un poco antes con el viejo, en este mismo despacho. Había tenido, entre otros, el efecto de hacerlo bajar la guardia. Al reflexionar de este modo, pasó por alto que también él, incluso más que el otro, provenía de un origen pequeño burgués.

Los jóvenes habían venido —le dijeron— a presentarle sus quejas y a «*plantearle*» su preocupación por un estado de cosas alarmantes que estaban sucediendo en la universidad. Lo alarmante, sin embargo, había sido que se atrevieran a presentarse allí, en su despacho, exigiendo una entrevista y prácticamente haciéndose recibir, y luego, no dándose todavía por satisfechos, denunciando excesos intolerables de parte de las autoridades universitarias de la Revolución.

A duras penas consiguió reponerse de su sorpresa, e imponerse a «*los cabecillas*» y a sus seguidores. Al principio, intentó echar mano de la «*dialéctica materialista y revolucionaria*»; acudir al sentimiento revolucionario de los jóvenes, a su conciencia revolucionaria; apelar a su sentido del deber, de la lealtad a la patria, al «*Proceso*» revolucionario, y a cuánta cosa se pusiera a la mano.

—Porque no me negarán ustedes, compañeritos, que ese asunto de *«los pájaros»* no empezó ayer ni mucho menos. Aquí siempre ha existido ese problema. Se trata en parte de prejuicios muy arraigados en nuestra sociedad, a los que no podemos sino darle curso, porque el pueblo así nos lo exige, y los revolucionarios estamos obligados con el pueblo. Y además, no es conveniente... ¡No es conveniente al espíritu y a los propósitos de la Revolución ese... estilo de vida...! Estoy de acuerdo con ustedes en compartir la preocupación de que puedan haberse cometido errores, algún exceso, algún que otro compañero que...

Cada vez menos le resultaba posible expresarse sin ser interrumpido antes de terminar una oración:

—Pero de ahí... De ahí a considerar aceptable *«la homosexualidad...»* (O *«el homosexualismo»*, como quiera que se diga...) Ya ustedes han oído a Fidel expresarse al respecto, el otro día, cuando se suscitaron algunas protestas, y eso no admite más trámite que el de la denuncia pública y notoria, y la expulsión deshonrosa de nuestro recinto.

Al final —ahora lo consideraba viendo el ánimo levantisco del grupo de estudiantes— lo mismo le había ocurrido al propio Fidel días antes, en su afán de persuadir a todos de la necesidad de eliminar aquel *«vicio pequeño-burgués»* de entre las filas de la Revolución. Y considerando haber llevado hasta sus últimas consecuencias aquel *«juego dialéctico»*, el decano dio por terminada la entrevista y los invitó a salir o tendría —les advirtió— que llamar para que los sacaran de allí a todos, y los expedientaran por *«incitación contrarrevolucionaria»*. Dijo aquello sin verdadero ánimo de proceder contra los muchachos, sino más bien para asustarlos con una transgresión que ninguno tenía en mente, tratándose como se trataba, de la avanzada juvenil de la Revolución.

≈

Después de la expulsión en masa de estudiantes, entre los que habían caído Arturo Vegas y dos de las tres Mercedes, (Conde y Oramas) el grupo que componíamos entre otros Aracelis, Pirolo, Yolanda, Pepe, y yo, se redujo aún más con la expulsión súbita de Radamés, a quien inesperadamente se acusó en una asamblea convocada a este efecto, lo cual estábamos muy lejos de sospechar, de «*diversionismo ideológico agravado*». Ninguno había oído hasta entonces aquello de «*diversionismo ideológico*», y en consecuencia, apenas si podíamos intuir de lo que se trataba. Radamés estuvo en franca y absoluta desventaja desde el comienzo, viéndose sorpresivamente involucrado en una infracción —sin dudas grave— de la que ni siquiera podía tener una noción aproximada. En vano intentaba defenderse aduciendo ignorancia o lo que aquello pudiera ser. Una estudiante del segundo año de «*Letras*» exhibía ahora, delante de todos y con aire triunfal, de verdadero gozo en la mirada, un ejemplar del breviario *Principios de Marxismo-Leninismo* de Nikitín, sobre el que podía leerse, dibujado a mano con tinta azul "*Principios de Machismo-Nihilismo*».

—*Éste*, compañeros —dijo acusadora la estudiante cuyo nombre desconocíamos entonces— que no nos quepa duda alguna al respecto, es el autor de semejante acto, que yo llamaría hasta contrarrevolucionario. ¡De semejante sabotaje a los principios de nuestra educación revolucionaria! ¡Un acto de *diversionismo ideológico* imperdonable que no vamos a tolerar! ¡Que no podemos tolerar! Lo hemos estado observando y lo hemos seguido de cerca, y lo hemos sorprendido en varias ocasiones haciendo manifestaciones contrarias o francamente desafectas a nuestro *Proceso* revolucionario, y finalmente… —como Radamés intentara decir algo en su defensa, incluso tímidamente, su acusadora le ordenó callar—. Finalmente encontramos entre sus pertenencias este libro que habla por sí mismo, y resume las verdaderas ideas y las intenciones que alberga en su cabeza (porque incluso dudamos que tenga corazón quien así se expresa de nuestra Revolución) este individuo que…

En ese instante, adelantándose a lo que veía venir, (y antes de que pudiéramos impedírselo de cualquier modo) Radamés se incorporó de un salto, y a pasos rápidos, ante el desconcierto general, abandonó el salón. Los del grupo esperamos ahora, en medio del suspenso y de la angustia que nos embargaba, a que seguidamente nuestros nombres también fueran arrastrados a la tembladera en que cualquiera podía hundirse sin remedio, inesperadamente.

❦

Después de la expulsión de su hermano Jorge, Yolanda parecía haber perdido todo interés por los estudios literarios, y acabó por abandonar la carrera. La literatura misma dejó de interesarle y se encerró en un mutismo del que, su propio hermano fue el primero en querer sacarla.

—Yoli, ¿tú te crees acaso que ese cascarón de huevo huero que es la universidad, es lo único que existe? ¡Eso es lo que quisieran ellos, no seas boba! Fíjate bien, a mí desde que me botaron me va mucho mejor. ¿Quieres saber con quién me encontré ayer en la calle y lo que me dijo? Pues nada menos que con «*la doctora…*» Y lo que me dijo fue que había hablado de mí con la gente del *ICAIC*. Parece ser que necesitan con urgencia guionistas, o asesores que sepan escribir. (Quiero decir, que no tengan faltas de ortografía, y sepan hilar dos frases correctamente). A lo mejor después, me dijo «*la doctora*», cuando las aguas vuelvan a su nivel, ella consiga hacer que me re-admitan sin mucho ruido. Por mí, con su pan se lo coman, a decirte la verdad, pero… ¡Tú sabes que ella también tiene «*su trayectoria*» y «*sus conexiones*» en las altas esferas! «*Callar y esperar*», ése ha sido su consejo. Y como aquí no se puede hacer otra cosa que ésa, estoy esperando porque me llamen del *ICAIC*, si es que verdaderamente la doctora Isaguirre les habló de mí. ¡Ya tú ves que mejor no podía haberme ido!

Para Yolanda, sin embargo, la mayoría de las cosas habían perdido su sabor. Se trataba incluso menos de una expresión que se decía, que de un hecho constatable en su súbita incapacidad de apreciar gustos varios y sabores antes conocidos. Era como si de repente en lugar de aquella sensibilidad receptiva a un número de cosas, que antes la caracterizaba, ahora la recubriera una película aislante que, permitiéndole ver a través suyo, le impidiera sin embargo, entrar en contacto directo con aquellas cosas otrora gratas y significativas.

Esta sensación se agravó cuando de repente un día, su hermano Jorge que había sido convocado a comparecer ante un llamado del «Servicio Militar Obligatorio», desapareció sin aviso alguno, y no volvió a saberse de él hasta que, por alguna vía, aquel consiguió hacerles saber a sus familiares que se encontraba en «*la UMAP*», muy lejos de allí. Lo que aquello de *la UMAP* podía ser —y las conjeturas eran muchas y sin oriente firme— se les fue revelando por vías diversas e incluso contradictorias. La doctora Isaguirre, cuya ayuda procuró Yolanda en un acto de franca desesperación, le informó que nada de aquello que le habían contado tenía un ápice de verdad.

—«*Bolas contrarrevolucionarias*» que echan a rodar nuestros enemigos. ¡No debes creer nada de eso! Se trata de «*Unidades Militares de Ayuda a la Producción*». Como ves, nada de esa cosa tan siniestra de que te han hablado. Yo que tú, no me preocupaba por nada. No debes prestar oído a los rumores contrarrevolucionarios que, lo que buscan es desorientar y sembrar el descontento. Jorge está en uno de esos campamentos «*para hacerse un verdadero hombre*», y un verdadero revolucionario…

Esto de *"para hacerse 'un verdadero hombre'"*, dicho nada menos que por la doctora, le pareció a Yolanda extremadamente inconsecuente, pero optó por no replicar nada, y tras darle las gracias, se despidió de ella.

&.

A Radamés, parece que lo sorprendieron cuando intentaba escaparse en una lanchita con otros cuatro, uno de los cuales resultó ser un infiltrado de la «*Seguridad*». Aunque ninguno de los que escapaba estaba armado, se produjo una balacera en la que Radamés resultó herido de gravedad. Lo supimos por su madre, a quien alguna vez alcanzamos a ver acarreando comestibles para él, que ahora cumplía una larga condena. Las heridas le habían dejado una cojera muy acentuada y un brazo incapacitado de por vida. Aracelis tuvo la idea de hacerle llegar a Radamés alguna cosa en nuestro nombre. Conseguimos persuadirla enseguida de la inconveniencia de una carta o de una nota cualquiera, pero le hicimos llegar con su madre una caja de talco, que Radamés agradeció con lágrimas, según nos dijo ella luego. A partir de entonces la ayudábamos como podíamos en aquel empeño suyo de encontrar cosas que pudieran serle útiles al hijo preso y que, Dios mediante —decía ella— los guardias le dejarían pasar: unas veces por lástima, otras porque también para ellos tenía la señora un dulce o algún otro regalo, que subrepticiamente, pero con verdadero candor, les ofrecía. Entre tanto, también Yolanda intentaba procurar cosas que llevarle a su hermano Jorge, interno allá en «el lejano Camagüey». Porque lejano había de parecerle, y extraño, un lugar del que si tenía alguna información, eran éstas las nociones aprendidas en las clases de geografía, y cuya lejanía parecía haberse acentuado ahora con la desaparición de su hermano, del que apenas se recibían noticias ocasionalmente.

Cuando el viaje se produjo al fin, y después de recorrer el interior de la provincia con la ayuda de unos amigos con los que Jorge contaba en la capital provincial, Yolanda no consiguió el permiso de las autoridades del campamento para ver a su hermano. Éste se las arregló de algún modo, sin embargo, para hacerle llegar mediante uno de los guardias una cartita cariñosa, en la que, entre otras cosas le pedía «*que estuviera tranquila, que regresara a La Habana y que le dijera a su madre que todo estaba bien».* Las cosas que había traído con ella, *«podía intentar dejarlas a la entrada con el mismo guardia que le hacía llegar la nota, como si se tratara de cosas para éste».*

Algo más aliviada pese a no haber visto al hermano, Yolanda regresó a la capital, gracias al pasaje en ómnibus que los amigos de Jorge le facilitaron. Ya en La Habana, encontró una carta del hermano fechada hacía tres meses, en la que le pedía reiteradamente *"no olvidarse nunca de él».* En un estilo pleno de incoherencias que no debían corresponder al de su hermano, éste le pedía igualmente *"no preocuparse por él»,* al tiempo que hacía referencia de soslayo, a experiencias que Yolanda no conseguía sino suponer terribles, a pesar de la misma parquedad conque Jorge se refería a ellas.

❦

Aracelis y yo decidimos casarnos un veinticinco de marzo, día de su cumpleaños. Sin otra cosa que regalarnos, (mi cumpleaños tenía lugar dos días después) «nos regalamos el uno al otro». Nos resarcíamos igualmente de las innumerables pérdidas y sinsabores recientes. Como no teníamos cosa alguna que celebrar, nos dimos esa oportunidad única que compartir con los escasos amigos que quedaban. Pepe no estuvo presente. O se las arregló para hacerse presente mediante ese hueco en la cartulina de los retratos de la boda. Una boda simple, sin desafueros, pero con verdadera felicidad. Toda la felicidad que cabía en una cápsula. Concentrada, pura, limpia. El día antes de la boda todavía nos aseguró que estaría presente. ¿Cómo no iba a estarlo? Fue la última vez que lo vimos entre nosotros. Él se había ido apartando por su cuenta, como si se decantara. Y era natural que en el ingente esfuerzo de vivir (o sobrevivir) o seguir adelante con la vida que nos había tocado uno no se diera cuenta del todo, o pudiera hacerse una idea muy clara de estos desgajes cuando ocurrían poco a poco. No sabíamos, ni sospechábamos siquiera que algo ocurría. Naturalmente que la relación con Yolanda marchaba mal o no marchaba ya, y eso sí que lo sabíamos, especialmente desde que Pepe se negara a acompañarla a Camagüey con mil pretextos, justificaciones y evasivas que colmaron la copa de Yolanda y suscitaron en los demás algún comentario, no siempre justo, contra él.

Por nuestra parte, Aracelis y yo viviríamos por un tiempo en la casa de los padres de ella «*que tenían las condiciones necesarias*» —según decíamos—, es decir, una habitación extra que había sido alguna vez la de una tía soltera, muerta hacía dos años. Después de acabar la universidad nos pondríamos a buscar casa para cuando nacieran los hijos. Inconscientes que éramos entonces más allá de cualquier medida, suponíamos que, a diferencia de lo que ocurría con muchos otros, hallar casa cuando estuviéramos en condiciones de llenarla de hijos resultaría un paseo.

᠊᠊᠊

A Aracelis mi mujer también «*la separaron*» de la universidad sin muchas explicaciones algún tiempo después. Sus ideas «*feministas*» —una «interpretación pequeño-burguesa» de la cuestión femenina, inaceptable en nuestra sociedad— la condenaban. Paradójicamente, consiguió que la admitieran en la redacción de la «*Revista Mujeres*» en sustitución de alguien encargado de dibujar las llamadas «*Cuquitas*», hasta que se consiguiera la sustituta de aquélla. No sé cómo conseguí terminar la carrera. No sé muy bien tampoco para qué. Creo que todo ocurrió por inercia, o por defecto. También Pepe consiguió terminarla. Ninguno de los dos fue nunca brillante, y tal vez eso fue lo que nos valió más que ninguna otra cosa. Años después, Aracelis consiguió matricular derecho, carrera que había desaparecido, y de repente fue nuevamente creada, y para la que sobraban plazas. Para entonces teníamos dos niños y seguíamos viviendo en la casa de mis suegros. Aracelis era la autora de numerosos artículos aprobados por la «*Federación de Mujeres Cubanas*», y la propia Vilma —se decía— la estimaba. Fue por entonces que comenzó a hablarse de «la casa», de que «*nos darían*» una casa mucho más grande que aquélla en la que vivíamos, y por entonces también fue que Aracelis y yo comenzamos a tener problemas. Problemas serios como hasta entonces no habíamos tenido. Yo estaba sin trabajo. Pese a mi título no encontraban ubicación apropiada, y si bien se hablaba a veces de una plaza aquí o allá, siempre llegaba tarde a todas partes.

❦

Yo nunca fui brillante, eso me consta. Y a lo mejor, ésa es la causa verdadera de que no encuentre trabajo. A lo mejor, toda esa gente que deberá emplearme lo adivina antes de que puedan siquiera llegar a conocerme. Pepe, entre tanto, ha navegado con más suerte. ¡Eso! ¡También de tener suerte se trata! Comenzó siendo asesor de un viceministro de cultura, y ha ido ascendiendo a una velocidad astronómica, como si se tratara de un globo sonda de esos... A algunos les ha dado por llamarlo Matías Pérez. Por envidia, seguramente, o por celos, que eso aquí es de lo que más abunda.

A Yolanda la he encontrado el otro día en la calle. No me reconoció. Tampoco yo conseguí reconocerla, a pesar de que sí, la miré bien y era ella. Se trataba de Yolanda. Iba con su madre y otra señora ya anciana. Nos miramos casualmente. Bueno, yo la miré tratando de que me reconociera para entonces, si se trataba de ella verdaderamente, acercarme y saludarla, pero ella no pareció reconocerme. Parecía estar bien, quiero decir, ya repuesta de la crisis que sufrió después de lo ocurrido con su hermano Jorge, y del desenlace posterior. Pero no pareció reconocerme, y tuve un momento de vacilación, y cuando ya me había recobrado, Yolanda y compañía habían desaparecido. Creo que se montaron en una guagua porque era como si se hubieran desvanecido frente a mis propios ojos, y desde entonces la perdí de vista nuevamente, y hasta el día de hoy.

ه

Aracelis me ha pedido el divorcio, o mejor dicho, «*me lo ha planteado*». Ella no pide nada de mí, mucho menos algo que sólo ella puede poseer. Yo podré quedarme con la casa de sus padres, ahora que los viejos han muerto, es decir, podré quedarme aquí habitándola hasta que lo desee —ella lo ha arreglado todo— pero eso sí, nada de permutas ni de mudadas. (Si salgo de la casa, pierdo el derecho a vivir en ella, y a nadie que venga a instalarse aquí sin la debida autorización le sería permitido, porque el apartamento se halla en un área que se conoce como «zona congelada», o queda muy próxima). «*Pero la casa es mía*» —insiste en decir Aracelis—. Puedo quedarme en ella cuanto quiera, y como los niños querrán ver a su padre de vez en cuando, pues *"nada más justo, ¿no?"*.

A veces no puedo evitarlo y me da por pensar en las mismas cosas. Cojo el barrenillo y me da por pensar en eso, en el destrozo de tantas vidas. ¡Tanta vida inútil! O mejor, inutilizada. Y no acierto a comprender nada. Mientras más lo pienso, más confuso estoy respecto a los motivos, las motivaciones, los mecanismos, los propósitos, en fin... Pero claro, yo nunca he sido un tipo brillante. Tal vez, ni siquiera lo bastante inteligente para comprender nada. A lo mejor por eso me he quedado aquí, solo en esta casa que ahora se me antoja enorme, y no sé qué hacerme. Abrumado de recuerdos que de repente, y sin que me lo haya propuesto me asedian sin cuartel, y se mezclan con el presente, confundiéndoseme el ayer y el hoy en una masa informe, incoherente y aplastante. ¡Lo mejor sería, no acordarse de nada! No darle importancia ni relieve a nada de nada. Que lo que pasó ayer, o anteayer o antes de anteayer quedara atrás definitivamente. Ir tirando, como todo el mundo. Pero ni eso consigo. A lo mejor también para conseguir algo semejante hagan falta un talento especial, o alguna cualidad o virtud que no poseo en absoluto.

❦

Acabo como aquel que dice de enterarme. Al doctor Mendieta también han terminado por *separarlo* de la universidad hace muy poco, cuando ya estaba en edad de jubilarse, y a punto de hacerlo. Lo supe el otro día por él mismo, que ahora se ocupa entre otras cosas de vender hielo y «*durofríos*» de limón, y pudines que hace su mujer por su cuenta y riesgo, y todo el mundo quiere comprarle, porque de la pensión de ella no podrían vivir ni una semana. De vez en cuando —me ha confesado— todavía se ocupa de dar clases particulares de diferentes materias a quienes las requieran, y en confianza me ha pedido que le envíe estudiantes que necesiten de sus servicios, si es que conozco a alguno, o si sé de alguno que pueda necesitarlos, pero con la debida cautela. Le digo que sí, naturalmente. Se lo prometo solemnemente aunque no conozco a nadie, no sé de nadie que pueda requerir de semejante ayuda. (A lo mejor mis propios hijos un día lleguen a necesitar de él, pero entonces es muy probable que ya el viejo doctor Mendieta no se encuentre para ayudarlos con sus tareas o deberes escolares). Con verdadera generosidad me invita a «*durofríos*» en su casa, «*qué caramba*» —dice— y a lo mejor a pudín si es que su mujer ha conseguido algo de pan viejo y un poco de azúcar prieta, y un poco de leche en polvo que es la única que a veces se consigue «*por fuera*» —y quiere decir, no en el mercado negro, claro, sino mediante trueques e intercambios diversos—. Y una vez en la casa, en su casa, a donde no sé porqué vías ni porqué razones o mecanismos de persuasión del viejo profesor he venido a parar, me cuenta su desgracia, porque «*qué caramba*», qué importa que yo lo sepa de sus propios labios cuando lo sabe todo el mundo, *y "además"* todo esto y lo demás habría que gritarlo a los cuatro vientos para que se sepan de verdad tantas canalladas como ocurren «en nombre de la Revolución y el Socialismo». Y ya ni él mismo sabe ni quiere saber nada de este asunto. Toda la vida (*su vida*) perdida, malgastada, en un solo empeño, en un ideal que salió mal, porque «*fíjate bien*», de qué otra manera iba a salir «*con tanto hijo de puta y tanto oportunista*». ¡Qué manera de comer mierda! «*Tú perdóname el lenguaje, pero cuando se habla de la mierda sobran los melindres*». Toda la vida dedicada a una causa, a unas ideas… Claro que tenía que salir mal el asunto. Una cosa pensaba el borracho, y otra el tabernero. Él había sido toda su vida un borracho perdido de idealismo.

—Ebrio de ideales —rubricó con desprecio de sí mismo—. Dime tú, ¿para qué? Yo, que siempre fui un hombre de ideas socialistas, y tuve verdaderas simpatías y convicciones revolucionarias cuando muchos de estos revolucionarios de pacotilla ni siquiera tenían una idea clara de nada que no fuera poner bombas y ganar méritos a como diera lugar… he llegado a la conclusión lógica de haber perdido mi tiempo, mis mejores años, y mi vida toda… ¿para qué, dime tú? Pues para esto. Con engaños, con promesas, con truculencia y con violencias sin cuento le hemos impuesto a las futuras generaciones un peso muerto sobre los hombros. ¡Eso es lo peor! ¿Cómo podrán sacudirse de encima semejante fardo? No le veo remedio, y a mis años lo hecho ya no tiene retroceso posible. Ni tiempo, ni fuerzas para empezar de nuevo me quedan. Además, ¿por dónde volver a empezar? ¿A partir de cuándo y dónde empezó a ir mal encaminado el asunto? ¡Si contáramos con una de esas «*máquinas del tiempo*» a nuestra disposición…! Pero ya ves, sigo siendo un incorregible «*ilusionista*». ¡Un iluso!

En esto se resume mi visita a la casa del doctor Mendieta. Y en un sentimiento de verdadera pérdida que no me deja. Si no me lo sacudo pronto de encima, acabará por aplastarme.

Y aquí estoy, desde entonces, con esta idea fija en la cabeza. Idea, o capricho o lo que sea. Porque, claro, como no acaban de ubicarme en ninguna parte, y en consecuencia no tengo trabajo, me paso el día rumiando cosas, recuerdos, resentimientos, y cuánta cosa acierte a pasarme por la cabeza. La soledad es mala consejera. Yo nunca he tenido vocación de escritor ni he sentido la necesidad de escribir nada, ni siquiera cartas. En otro tiempo, Aracelis o las novias que tuve antes de conocerla me hacían el favor de escribírmelas cuando por alguna razón se imponía hacerlo, y el mismo Jorge, *«que en paz descanse»,* el hermano de Yolanda, llegó a escribirle a solicitud mía una carta a Aracelis cuando yo buscaba conquistar su interés.

No sé de qué manera entonces me pasa una idea como ésta de escribir por la cabeza. ¡Escribir! ¡Escribir cómo? ¿Escribir de qué? ¿Contar qué cosas? ¿A quiénes? ¿A quién podría importarle nada de lo que yo consiguiera decir, suponiendo, esto es, que lograra engarzar dos pensamientos propios de que carezco? Porque no hay que llamarse a engaño. No. No me engaño a pesar de esta locura que me envuelve como un manto ripioso. Yo no soy escritor, ni pensador por cuenta propia, ni intelectual, ni nada. Un título universitario, Dios sabe conseguido cómo, por qué, no garantiza que uno sea capaz de pensar con cabeza propia, o decir cosas interesantes, profundas, verdaderas, de alguna significación, o con algún sentido. Y lo único que hago es pensar, recordar, y volver a acordarme de las mismas cosas una y otra vez, encerrado en esta casa abandonada donde me he quedado solo. Yo también a la deriva del tiempo, de la memoria y de los muchos olvidos que se van imponiendo para que sigamos aquí. ¡En ninguna parte! ¡En ningún lugar sino en éste que nos ha tocado, que *«nos han asignado! ¡En esta trinchera de ideas y de hechos!»* Con el fango al cuello. Porque de un modo u otro hemos caído en la tembladera a la que tanto temimos en algún momento, y no hay escapatoria posible, pese a mi título universitario. Aunque a lo mejor, si consiguiera ser ubicado: tener un trabajo que me permitiera contar con algún dinero que darles a mis hijos… Todo se vuelven especulaciones a estas alturas. ¡A estas alturas! No hay nada que pueda llamarse ni remotamente *«altura»* en mi vida… ¡En la vida que llevo! ¿Qué llevo, o que me llevan? Que arrastro, más bien. Tampoco hay nada de *«mío»*, en ello, a no ser por el esfuerzo extraordinario que me cuesta arrastrarla a todas partes. ¡Pero al menos, cuento con un techo! Esta casa que, mal que bien, me impide mojarme cuando llueve. Y Aracelis tampoco se ha olvidado completamente de mí. Me sigue queriendo. Me consta. A su modo. De vez en cuando me trae algo de comer: unas latas de todo eso que ahora consigue en las *«diplotiendas»* y en los *«diplomercados»*. Los niños están creciendo casi atropelladamente. Dejo de verlos unos días apenas, y cuando vuelvo a verlos han crecido y todo se les va quedando chico. Menos mal que Aracelis lo resuelve todo, y en su puesto tiene manera de conseguir las cosas que de otro modo…

Ya no sé ni en qué pensar. Debo estar volviéndome loco. Mejor dejo de pensar de una vez por todas. Dejo de darle vuelta al mismo caldo espeso y ya maloliente. ¡Dejar de pensar! O acabaré por volverme loco, o por meterme a escritor y por escribir ese libro que es idea de Mendieta, sin futuro, que no podría ser sino un riesgo, una locura… ¡Un fracaso total! Porque, suponiendo que llegara a escribir algo… No. No. Sin dudas debo estar volviéndome loco irremediablemente.

III

A LA VUELTA DE UNOS AÑOS

HOY EN LA TELE

Mientras devoraba con prisa, y una furia apenas reprimida, lo que quedaba del plato de arroz con frijoles negros, y unos trocitos de aguacate del día anterior, Georgina se plantó en el sofá de la sala frente al viejo televisor, donde comenzaba a pasar el noticiero de mediodía. Subió el volumen para poder dar rienda suelta a su cólera. Estaba por comenzar el monólogo con el que regularmente respondía a la voz indiferente y unísona que salía del aparato, aunque se tratara de muchas voces.

—Para que encima tengamos que tragarnos este ladrillo con el almuerzo. Un solo paquete. ¡Todo *convoyado*! No sé cómo todavía hay aquí quien dude que todo está manejado por un titiritero maligno. ¡Por un genio del mal!

Escuchó con atención un momento, seguramente para enterarse de lo que se trataba. ¡Otra visita de un jefe de estado! Era inconcebible que no se cansaran de venir tantos. Lo que indicaba claramente lo mal que andaba el mundo todo. ¿Cuántos más de esos jefes de estado, y visitantes extranjeros de toda clase, había por ahí? ¡Dios mío! Ahora se trataba nada menos que del «gallego» éste. Un ñángara como cualquier otro.

—En España deben haberse vuelto locos también. —emplazó al televisor—. Elegir nada menos que a un tipo como éste. ¿Y aquí a qué viene? ¡A reclamar que les devuelvan, o paguen por todo lo que éste les robó de la noche a la mañana a los españoles como mi padre, que hicieron fortuna matándose trabajando, seguro que no es! No señor. Este viene de visita, a pasarlo bien. ¡Siempre «en plan de solidaridad con»! No, si en la cara se ve enseguida lo que es. De manitos levantadas y todo cuento. Cogiditos de la mano como buenos cabrones que son los dos. Lobos de la misma camada —de repente, como si no consiguiera pasar el resto del almuerzo, la que hablaba lo hizo a un lado—. Sí, claro. ¡Así es muy fácil! ¡Muy fácil! Venir aquí, y disponer de todo a la mano, sin tener que resignarte a morir de a poquitos, y eso según te lo permitan, porque hasta morirse aquí, está racionado por la libreta. Mira si no lo de Roselia mi prima. Ya van tres veces que intenta matarse, porque ella no aguanta más esto, la lucha por todo día tras día para conseguir nada. ¿Y que ha logrado? Ésa sí que es una historia que debía de contarse por todos los medios.

El discurso del visitante, respondiendo a las preguntas de los periodistas que viajaban con él, o a quienes se les permitía hacerlas, consiguió prender en ella un rencor que la hacía atorarse con las palabras. Se puso de pie y apretó los puños como si requiriera de esta tensión para enfrentarse al hombrecito de la pantalla.

—Sí, claro, debe ser muy fácil para ti, so comemierda, venir aquí a hablar de lo que no sabes, o no te importa porque no eres tú quien paga las consecuencias. Tal parece como si dictaras un curso por televisión para idiotas sin remedio. Ahora resulta nada menos, que aquí «tenemos resuelta y asegurada la canasta básica familiar». Yo no tengo la menor idea de cómo será eso fuera. A fin de cuentas que nos tienen aquí bien encerraditos para que no nos enteremos por nuestra propia cuenta, pero lo que es aquí, ¿garantías? Yo quisiera que vinieran todos esos periodistas aquí a mi casa a preguntarme a mí, qué clase de garantías son las que tenemos. ¿Por qué mejor no renuncias a tu ciudadanía, so penco, y al puestazo que tienes allá en tu país, y te quedas aquí a vivir como un cubano más? No de los de arriba, no, sino de los de a pie como somos la mayoría. Ya quisiera yo verte cuando tampoco dispusieras de tu pasaporte y tus billetes para comprarte un pasaje y regresar a tu país después de un tiempo. No, claro. Lo de ustedes es siempre lo mismo, que el experimento éste que ya dura más que Matusalén, y en todas partes resultó mal, tenga a otros por «conejillos de India». Como el otro ése, el argentino atorrante y criminal que bien muerto esté, y en el infierno, si existen el diablo y sus compinches. Porque lo peor de todo es que estos la hacen y al final ni siquiera la pagan. ¡Dios mío, tendría que haber algo! ¡Existir la verdadera justicia divina en alguna parte!

De repente, interrumpiéndose y elevando las manos sobre su cabeza en inconfundible además de implorar ayuda del cielo, Georgina pareció sosegarse. Seguidamente, con determinación, apagó el televisor. Otro gesto debió dar cuenta de la satisfacción que este hecho le producía.

—Así al menos no está una obligada a ver ni oír nada de eso. ¡Más de lo mismo de siempre! Nada nuevo. Cómo vengan a preguntarme que si no estoy siguiendo las noticias en la tele… Porque no sería la primera vez que la «Responsable de Vigilancia» se apareciera con algo así... No le abro la puerta y remedio santo.

Como tamizada por la distancia y las paredes del recinto, pero audible, seguía llegando de procedencias distintas la misma voz y los mismos sonidos. Ella pareció no darse cuenta de inmediato.

—Además, ni que hiciera falta. Por diestras o siniestras está una obligada a oír y ver. Sobre todo por siniestras, pero en esto todo ayuda. El mundo se ha vuelto ambidextro. Y ambas manos colaboran con nuestra destrucción. Nada más hay que salir a la calle. ¡Ya no se puede asomar una ni la cara! Son muchos los cómplices. Y los envidiosos siguen siendo legión. Aquí hubo siempre mucha gente envidiosa. Bien decía mi padre, la mentalidad del cangrejo en un cubo. O en una Cuba. Aquí eso empezó antes de esta gente (ellos mismos, son nada más que el producto de la envidia) pero fue después, con ellos, que se destapó el mierdero.

Había recobrado el plato que antes dejara sobre la mesita, y ahora se dirigía con él a la cocina cuando se escucharon unos toques a la puerta. Georgina se detuvo en seco y guardó silencio. Los llamados a la puerta se repitieron con algo de urgencia la segunda vez. La mujer no se movió un palmo de su sitio ni emitió sonido alguno, pero los llamados no cesaron. A estos se añadió pronto la voz de una mujer, en la cual descubrió enseguida la inquilina de quien se trataba.

—Abre, vieja, anda, que sé que estás ahí dentro. No te hagas la que no me oye. Te vi llegar hace un momento. ¿No estás viendo la tele? Todos los compañeros del edificio que disponen de un televisor deben ver la trasmisión del evento. Se trata de una orientación de arriba. Los que no lo tienen, están reunidos en casa de Teresita, la nueva presidenta del Comité.

Cuando cesó al fin de prodigarse el asedio de la voz —rendida aparentemente a la evidencia del fracaso de su gestión— la mujer que permanecía al interior de la pieza, recogida en su empecinado silencio, se encaminó a la cocina procurando no hacer ruidos. En ésta se encontraba ya cuando se reanudaron los golpes a la puerta. Desde donde se hallaba consiguió oírlos, sin embargo. Le pareció que ahora golpeaban valiéndose de un instrumento, un trozo de madera, un tacón de zapato... A la voz que llamaba imperiosamente se había sumado ahora la de un hombre. Georgina reconoció a Viscarrón, el marido de la que llamaba. Olegario Viscarrón era el verdadero «Responsable de Vigilancia y Propaganda». Su mujer, acaparaba, bien por designación o por propia determinación, numerosas «responsabilidades». Los vecinos evitaban criticarla abiertamente, si bien entre ellos algunos se permitían bromas a su costa.

Georgina consideró la que debía ser su próxima jugada, en vistas de que Celina no iba a desistir en sus propósitos. Se le ocurrió encerrarse en el dormitorio y fingirse enferma. ¿Cómo no se le había ocurrido antes? Eso, había llegado indispuesta del trabajo, y se había acostado a descansar. El dolor de cabeza que sentía —más bien un principio de migraña— la había echado en cama. Se desarregló algo el pelo y la blusa, ensayó a poner cara de calamidad antes de dirigirse a la puerta arrastrando los pies, cuando la puerta exterior se abrió ante sus ojos.

—Alégrate que no te tumbáramos la puerta... —se adelantó a decir la otra—. Bien podía haberte ocurrido algo. Como no dabas señales de vida...

Georgina, muy en su papel, con los ojos entornados y haciendo pantalla con una mano a causa de la luz del pasillo, declaró con voz lastimera estar sufriendo el comienzo de un ataque de migraña.

Viscarrón ensayó alguna disculpa dispuesto a iniciar la retirada, pero su mujer, no tan convencida de que no se tratara de un cuento de la vecina, creyó oportuno reiterar aquellas cosas que antes había recitado al otro lado de la puerta franqueada por ellos.

—Pues nada, vieja, que te mejores pronto —concluyó— De todos modos cuando se te pase podrás oírlo todo porque ya han anunciado que van a retrasmitir el acto completo, desde la llegada misma al aeropuerto.

Georgina debió cerrar la puerta por sí misma, y echar llave una vez más al cerrojo, en cuanto sus inesperados visitantes salieron de la pieza. No dijo nada de aquello que más hubiera querido gritar, aunque estaba que se la llevaban los diablos por causa de semejante abuso como había sido éste de inmiscuirse en su intimidad, arrollándolo todo. El duplicado de la llave correspondiente al departamento en que vivía, sólo debía hallarse en manos del encargado del edificio para ser empleada por él, únicamente en casos extremos, o con la previa autorización del inquilino, cuando así se requería por determinada causa. Horacio Junqueras era una persona responsable y en extremo considerada —se dijo—. Estaba segura de que él nada tenía que ver en el asunto.

Intentó llamar por teléfono a su prima Roselia. Necesitaba más que nada, desfogarse con alguien afín. El teléfono había estado descompuesto desde hacía un año y medio, sin que acabaran de venir a repararlo, pero Albertico, el hijo de uno de los vecinos, lo había trasteado un par de veces, y conseguido que en ocasiones la conexión se efectuara sin mucha dificultad. La presente, fue una de aquéllas. La prima respondió a su llamada y se alegró de que Georgina le propusiera ir al cine esa noche «para despejar un poco», según declaró.

Quedaron de verse alrededor de las nueve, en los bajos del antiguo «Radio Centro» después de comer alguna cosa, cada una por su cuenta. Ella —le dijo Georgina— «se había dado un atracón de tajadas de aire hacía poco, y la verdad es que estaba a reventar». La carcajada de Roselia consiguió animarla algo, de modo que se extendió en considerandos.

—Creo que siguen poniendo la película ésa con Sarita Montiel, o no sé quién otra… Da lo mismo. El asunto es ver otro paisaje, y oír algunas canciones bonitas que hablen de amor y todo eso. Ya estoy hasta el último pelo de la Nueva Trova y de la Sara González ésa con sus berridos. Aquí nos han instalado unos altoparlantes, después que Fefita se hizo cargo del Seccional. Como ella está muy metida en todo ese asunto de «los aficionados», y se cree cantante, porque no le da vergüenza encaramarse a un escenario para hacer el ridículo… La cantaleta empieza desde por la mañana. Yo, salgo para el trabajo con los himnos esos, y regreso y es lo mismo. Ya tú ves el edificio en que vivo. Tú te quejarás del tuyo con razón, porque lo que es por estos lares… ¡No todo el mundo tiene la suerte que tenemos nosotros! —ironizó, antes de colgar. Pensó si Roselia había tenido ocasión de escuchar toda aquella andanada, o si la comunicación se había cortado antes, mientras ella seguía con su descarga, sin percatarse. Consideró ahora el tiempo que debería emplear, para llegar sin retraso a la cita concertada con su prima, y alcanzar la última tanda. Calculó que entre el momento de salir de casa, la espera por la guagua, una vez en la parada, y el largo recorrido de la misma hasta el centro, donde se reuniría con Roselia, se requerirían no menos de dos horas. Decidió, por lo tanto, tomar de inmediato un baño, aunque enseguida estuviera empapada en sudor sin remedio. No concebía salir de casa para algo como ir al cine, sin antes «adecentarse» como debía ser. Por suerte, la bañera estaba a rebosar. Había aprovechado la noche antes para recolectar tanta agua como pudiera, el ratico que la pusieron. Ahora se trataría de pasarla a las cubetas para almacenarla en éstas. Debía ahorrarla tanto como pudiera para que le alcanzara también para descargar la taza cuando fuera de requisito hacerlo. Con la que quedó finalmente en la bañera, y mediante una lata pequeña destinada a este fin, se dio su baño de asiento, o lo que aquello pudiera ser. Raudel, su hijo, que vivía en el campo desde que se casara con una buena muchacha a la que conoció mientras pasaba el Servicio Militar Obligatorio en Matanzas, le había traído «del campo», durante su última visita, un pomo de champú. Ella lo atesoraba, estirándolo de manera que le durara interminablemente. No empleaba nunca más de un par de gotas, cuando una vez a la semana se lavaba el pelo. Si había conseguido almacenar agua de lluvia la combinación de ésta con el champú obraba milagros. Sus compañeras de trabajo lo notaban y celebraban la brillantez de su cabello. Con el calor de horno que hacía en la calle —conjeturó— el pelo se secaría en un dos por tres. Entre tanto, la sensación de frescura en la cabeza conseguiría aplacar la desazón causada por el bochorno. Se trataba de una sensación conocida y grata. En otro momento habría permanecido en la bañera más tiempo del que se concedió esta vez.

Concluido el baño se dirigió a la cocina. En el interior del viejo refrigerador no había mucho donde elegir. Un «bocadito con pasta de jamón» (o lo que aquello fuera) y un huevo duro le servirían de cena. Lo envolvió en una hoja de papel antes de colocarlo en el interior del bolso de mano. El bocadito —recordó— se lo había traído Elisa con los mandados, el día anterior. Por poco dinero y alguna que otra ayuda, la mujer se ocupaba de aquello. No era Georgina la única en encomendarle esta función. Elisa estaba medio chiflada desde que le mataran al hijo en circunstancias nada claras. Le habían avisado cuando el cadáver ya había sido sepultado en alguna parte. Por más que intentó averiguarlo no consiguió saber nada. Al principio le dio por despojarse de la ropa y salir desnuda al pasillo o a la calle. Después de pasar un tiempo internada en el Psiquiátrico, volvió a su casa transformada, como si anduviera metida en un camisón de fuerza, invisible. Con el tiempo y otro poco se había convertido en esto que ahora era, una sombra de su antiguo ser. Tal vez a causa de los pensamientos deprimentes que la infeliz le provocaba, Georgina se esmeró en su propio arreglo. Se vistió y maquilló sin excesos, contemplándose con aire satisfecho al espejo; se cercioró de llevar consigo algo de dinero y, ya para salir, volvió sobre sus pasos como si olvidara algo. Prendió el televisor e incrementó el volumen del mismo por encima de lo que consideraba normal, es decir, tolerable. De cualquier manera ella no estaría en casa para reventarse los tímpanos. Cuando cerró tras de sí la puerta que daba al pasillo, se aseguró con una mirada en redondo de no ser observada de ninguno. Tragó en seco y bajó las escaleras con ligereza, casi contenta de que el elevador siguiera roto.

ENCRUCIJADA

El eco de los pasos del oficial se perdía ya, al final del largo pasillo iluminado por las luces de neón, cuando el recluta alcanzó a verlo:

—¡Compañero coronel Jáuregui...! —alzó la voz, a la vez que procuraba no imprimir a ésta un volumen excesivo, o un aire perentorio, mientras hacía bocina con las manos para que el otro alcanzara a oírlo.

El coronel se volvió ligeramente, para fijar sus ojos en la figura que se le acercaba por el pasillo, pero el rostro no delataba ninguna expresión.

—¡Ah, Braulito..! —dijo cuando acertó a reconocer a su sobrino—. ¿Qué pasa, muchacho?

El llamado Braulio se cuadró en un saludo militar, un tanto aparatoso, que el otro no dejó prosperar.

—Mi coronel, permiso para...

—¿Y a ti, qué te pasa? —le interrumpió el oficial, delatando tal vez una ligera aprensión.

—Permiso para dirigirme a usted...

—Concedido —dijo ahora el coronel—. Acaba ya de decirme de una vez que es lo que te traes entre manos.

El recluta, un jovencito con aire medio azorado y ojos negros de mirar muy intenso, pareció relajarse algo, pero insistió en el tratamiento formal que deparaba al otro.

—Tengo necesidad de hablar con usted lo más pronto posible. ¡Es un asunto de la mayor urgencia!

—¡A ver! Acaba ya de decirme de qué se trata —fue la respuesta que le deparó el coronel.

El muchacho bajó entonces la voz hasta hacerla apenas audible, antes de pasar al tuteo habitual.

—Necesito hablar contigo en privado... Se trata de un asunto muy confidencial.

El rostro cetrino del coronel pareció encontrar de súbito todas sus arrugas. A la luz de neón, Braulio pareció notarlo.

—Tú, ¿estás seguro? —preguntó el oficial como si esperara que su interlocutor dijera que se trataba de una broma.

Pero el muchacho no dudaba. Tampoco bromeaba.

—Yo estoy seguro de que cuando te lo diga todo...

—Oye, Braulito, no será cosa de pedirme permiso para irte de vacaciones con tu novia, ¿verdad?

—No, mi coronel... —dijo el recluta, volviendo al tratamiento de usted, con gravedad que al otro le pareció divertida.

—Si no conoceré yo al pájaro por la cagada, como dicen... Mira, sea para eso o para lo que se te antoje... ¡Concedido! A tu edad, también yo me fui de pase alguna vez. ¡Y de tu padre, ni hablar! Ese hemano mío es lo más enamorado del mundo. Menos mal que encontró en tu madre la mujer que no se merece, pero que lo metió en cintura. Ve y habla de una vez con Breñas, de mi parte. ¡Que te dé quince o veinte días con mi autorización!

—Mi coronel... —insistió el muchacho para el absoluto desconcierto del oficial —se trata de algo grave...

Esta vez Jáuregui fijó en él una mirada que rebosaba de una súbita preocupación y desconcierto, y con un gesto apenas, lo conminó a seguirlo hasta haber alcanzado la puerta en que terminaba el corredor. Una vez traspuesta la misma, dejó escapar un profundo suspiro antes de dirigirse al estacionamiento donde estaría su carro.

—Tengo algo muy grave que informarte... —intentó proseguir el muchacho, apagando cuanto le era posible la voz, pero el otro lo cortó en seco adoptando ahora a su vez el tono formal y distanciado que antes correspondiera al muchacho.

—Los *Informes* a los superiores se hacen por escrito —dijo, caminando de prisa— y se rinden nada más que cuando estos así lo requieren, o cuando son estrictamente necesarios. La disciplina dentro del Ministerio, no admite el menor cuestionamiento. Y nadie, mucho menos un recluta, tiene nada que cuestionar en ningún momento.

El chofer conversaba animadamente con otros dos hombres de uniforme, acuclillados junto a un motor que estaba siendo reparado, y al ver al oficial se puso de pie con ligereza, pero éste le indicó con determinación que no requeriría de sus servicios. Los tres se habían cuadrado en un saludo militar al que el coronel apenas prestó atención.

—Monta —le ordenó al recluta que marchaba a su lado, mientras él daba la vuelta para colocarse al volante. Una vez dentro del auto, para desconcierto del joven le mandó callar llevándose furtivamente un dedo a los labios. En caso de que el joven no consiguiera entender aquel gesto, el hombre añadió—: ¡Y ni hablar *del peluquín*! ¿Me oíste? Aquí las cosas son parejas para todo el mundo... Una cosa es pedir un pase para echarle un palo a la novia, o para irse de vacaciones por quince días, y otra cosa es eso de pedirme autorización para tomarte un descanso. ¿Qué? ¿Es que piensas casarte con ella? Convence a la novia que se haga un legrado, y resuelto el problema.

Oyendo hablar a su tío, el recluta había pasado en unos instantes del desconcierto al pasmo más absoluto.

El auto se puso en marcha lentamente, y el conductor evitó en lo adelante las vías más concurridas que conducían a la ciudad, aunque hubiera podido abrirse paso con facilidad con sólo proponérselo.

—No —volvió a oírse la voz del coronel—. Negada esa autorización que pides. Lo que tienes que hacer es comportarte como un verdadero hombre. ¡Como un verdadero revolucionario! Y dejarte de blandenguerías y enamoramientos. Verás que poco a poco te irás acostumbrando al rigor de la disciplina en el Ministerio. De ese asunto no quiero oír ni media palabra más... ¿entendido?

El recluta asintió en silencio, sin llegar a comprender cabalmente el sentido de aquella pantomima a la que se le obligaba, pero consciente de ella, y el coronel transcribió aquel gesto mudo para un público cuya presencia ominosa ahora parecía haberse materializado en su misma ausencia.

—Así me gusta. Después de todo no esperaba otra cosa de ti, para que sepas. Tú sabes que al Ministerio entraste no porque seas el hijo de tu padre, o mi sobrino para el caso, sino por tu trayectoria revolucionaria. Te lo ganaste como cualquier otro. Eso tú lo sabes bien. Porque lo sabes que fue así, ¿no es eso? Así me gusta a mí, que en nuestra familia no ha habido nunca rajados, maricones ni contrarrevolucionarios. Y ahora, acompáñame a almorzar que para eso te he traído. A mí no me gusta sentarme solo a la mesa. Se me quita el apetito, ¿sabes?

Apenas sin percatarse de haber cumplido el recorrido, el pasajero se dio cuenta ahora de haber llegado a donde iban. El coronel detuvo el auto junto a la acera, y le indicó que bajara. Juntos se dirigieron a la cafetería que estaba en los bajos del cine *Timbuctú*, cerrado por reparaciones desde hacía una década. Frente al local se había formado una cola larga y zigzagueante. Sin informarse del objeto de aquella cola, el coronel se abrió paso entre la gente que aguardaba, seguido del joven recluta. Ninguno de quienes esperaban se atrevió a alzar la menor protesta. Una vez dentro del establecimiento, el *capitán* de camareros se les acercó diligentemente, pero el coronel no buscaba sitio donde sentarse, sino que así como había entrado al local por la puerta principal salió por la posterior, que daba a otra calle. Sin detenerse un instante, y siempre seguido de cerca por su sobrino, se alejaron del lugar hasta dar con un recinto murado en medio del cual prosperaba un jardín de rosas y otras flores, cuyo aroma parecía concentrarse entre los paredones. El coronel le había tirado del brazo para sustraerlo repentinamente a la acera, y ambos habían desaparecido de la vista tras los altos muros sombreados asimismo de árboles. Con un gesto similar al que el muchacho le había visto estrenar en el interior del auto, el coronel le ordenó permanecer callado unos instantes. Luego lo empujó suavemente hacia el interior del jardín. Un falderillo ladró lo suyo cuando husmeó la presencia de los extraños. Pero la voz de la mujer que les salió al paso, consiguió tranquilizarlo.

—Como que ya no te conoce... —dijo luego, con un acento en el que el recluta reconoció de inmediato el inconfundible acento oriental, aunque ya algo diluido—. También a mí me cuesta trabajo reconocerte. Ahora, que no esperes que me ponga a ladrar también. ¡Eso no! Esta sigue siendo tu casa, mi'jo, a cualquier hora del día o de la noche.

Mientras hablaba, la mujer le echó los brazos al cuello con evidente cariño.

Braulio, por su parte, pensó por primera vez, que a lo mejor tampoco él sabía quién era su tío.

—Luisa, caramba... —decía ahora el coronel, correspondiendo al abrazo de aquélla—. Tú ni te pones más vieja ni te despintas. Debe ser algo en esta casa que no te deja ponerte más vieja...

Después de las presentaciones que eran del caso, el coronel se retiró a un costado de la mansión, acompañado de su sobrino.

—Este sitio, ha sido siempre para mí como un santuario. Nadie más que Luisa, y *ahora tú*, saben de su existencia. ¡Es decir, de lo que verdaderamente significa para mí! Un refugio. Un lugar donde acogerme a sagrado, donde desaparecer casi. Todo hombre necesita a veces de un lugar así. Y un hombre como yo no puede darse el lujo de no tener ese espacio. Sería como andar a la intemperie, expuesto a la inclemencia de los elementos. Sí, ya sé lo que estás pensando: que tu tío Braulio...; el coronel Braulio Jáuregui Montejo, ya comenzó con sus manías de novelista frustrado... ¡Qué ya comenzó a hablar como si estuviera escribiendo el capítulo de una novela de intrigas! Al menos, eso es lo que diría tu padre. Tú eres aún muy joven e idealista para entender nada, pero en su caso, lo que pasa es que no quiere darse de manos a boca con la realidad. Prefiere seguir soñando que nunca va a despertar, y hasta ahora, el truco le ha dado buenos resultados.

El joven recluta ya debía haberse repuesto de su inicial desconcierto, porque sin dejar que su tío el coronel continuara con aquella cháchara, de la que malamente captaba aquello que flotaba en la superficie de sus palabras, le espetó:

—Hay que partirle los cojones a Gutiérrez... ¡Tienes que ayudarme! Tienes que prometerme que vas a ayudarme a descojonarlo bien descojona'o. ¡Ese tipo es un mierda! ¡Un *hijoeputa* que le está haciendo mucho daño a la Revolución!

—¿Gutiérrez? ¿Gutiérrez? —fingió ahora el coronel para nuevo desconcierto del muchacho—. No me imagino siquiera, quién pueda ser ese Gutiérrez de que estás hablando, muchacho. Seguramente... ¡Sí eso: te estás refiriendo al poeta, *Gutierrez* de Cetina! Pero a ése ya lo descojonaron hace un rato y su poquito. Lo único que de él ha quedado son unos poemas, en particular un madrigal. ¡Hermosísimo! No, de él tampoco puede tratarse, porque tú seguramente ni has oído hablar nunca de él. Además, qué ibas a saber tú de versos. Definitivamente, no. Pero al único otro Gutiérrez que conozco, es decir que conocemos en común, no se le podría acusar de nada semejante, ni de ninguna otra cosa, mucho menos descojonarlo. En primer lugar, porque cojones no tiene, pero ni falta que le hacen. ¡Escúchame bien, sobrino! Ya que tu padre no está aquí para decirte tres o cuatro cosas, te las tengo que decir yo, como si fuera él! A «Gutiérrez» no se puede tocar. ¡Es intocable! Por ahora. ¿Me oíste bien? ¡Intocable! Por el momento... Pero no por ser un paria, como esos de la India. ¡No, qué va! Sino todo lo contrario, porque aquí y ahora, lo mismo que antes y después: «el que tiene padrino se bautiza», aunque el bautizo sea *ateo y materialista,* acorde con los tiempos en que vivimos. Tú acabas de empezar, como quien dice. Eres novato en esto, y en todo lo demás, pero yo estoy ya de vuelta de todo, ¿me oíste bien? ¿O te crees que los grados de coronel me los gané por mi cara linda? Pero también por causa de ellos estoy aquí, atrapado.

El muchacho sintió ahora como la sacudida de una descarga eléctrica. Sus ojos, más abiertos que de costumbre, daban antes que la impresión de azoro, la de experimentar una incredulidad que no cabía en ellos.

—Pero coño, tío, esto que estoy oyendo no puede ser verdad. No, tío Braulio, coño. Dime que no es verdad. Que he oído mal. Tú, claro... ¡Tú no sabes...! Por eso lo dices. Déjame decirte para que tú veas... Mira, ese tipo se ha dado a torturar a los presos. ¡A cualquier preso! Los maltrata, abusa de su autoridad a toda hora. Y eso desmoraliza a los verdaderos revolucionarios. Déjame que te cuente, algo de lo que he visto.

—Ni soy *limeña* para que me cuentes nada, ni tu eres Chabuca Granda; ni te permito un tuteo ni una falta de respeto más. ¡Yo soy el coronel Braulio Jáuregui Montejo, del Ministerio del Interior, y usted se está comportando como un sedicioso!

Las palabras del coronel tuvieron la virtud de hacer callar por la fuerza al joven, sacudido por un estremecimiento de ira contenida, más que de desconcierto o de temor.

En ese momento, como si así hubiera estado planeado ni más ni menos, volvió a aparecer en un ángulo del jardín la tía Luisa.

—Les colé este cafecito para que no se fueran diciendo por ahí que nada les ofrecí. Espero que a usted también le guste el café, joven. —y diciendo esto último le hizo una caricia breve sobre la frente al muchacho, que tenía la cabeza abatida sobre el pecho. La mujer se alejó enseguida por donde mismo había venido, luego

de dejar la bandeja con las tacitas sobre un banco—.
¡Igual a su padre!

Jáuregui retomó la palabra allí donde la había dejado:

—¿Tú crees que ha sido fácil para mí acostumbrarme...? ¿Eh? ¿Adaptarme? ¿Ver los sueños de toda mi vida convertidos en esto? ¿La hipocresía? ¿El fingimiento? ¿La doble o triple moral? ¿Te crees que a veces no me dan ganas de partirle para arriba a todos los Gutiérrez de este país, y meterles balas hasta que se me acaben? ¿Por donde empezar, a ver dime tú? ¿Tú sabes cuántos cartuchos harían falta? ¿Cuántos peines para llevarse por delante a toda la furrumalla? No. Tú no podrías sospecharlo aunque quisieras. Y es mejor que sigas sin saberlo. Tu padre hizo mal en dejar que entraras en *esto*. Yo bien que se lo dije... ¡Se lo advertí...! ¡Mira que se lo advertí, carajo! Pero óyeme bien, Braulito, tú aún estás a tiempo de salirte... A tiempo de no ver más allá de tus narices. ¡A tiempo! De seguir coreando tus consignitas, de seguir disfrutando de la dulce vida. Porque, mira, sobrino... Todo eso se te puede acabar de la noche a la mañana, y sin que te des cuenta, como sigas metiendo las narices donde no debes. Y no solo se te puede acabar, sino que hasta puedes verte como uno de esos infelices sobre los que vuela constantemente ese buitre de Gutiérrez, que se alimenta de carroña. Y ni tu padre ni yo vamos a poder hacer nada por ti, como no sea aplaudir el festín de los lobos. ¡Ah! ¿No me crees? ¡Óyeme un consejo! Un solo consejo que te doy, como si fueras hijo mío: ¡desentiéndete de todo lo que hayas podido ver! En este mismo momento. ¡Que para luego, es tarde! No hay nada que ver, sino papeles y actas... Ése es todo tu trabajo. Desempéñalo con eficiencia, pero sin comprometerte en nada... ¿Me crees un cínico, o peor aún, un loco de atar? Eso nada cambia lo que te he dicho. Aquí, y ahora, se acaba este rollo. No hay película que exhibir. El Timbactú sigue cerrado por reparación diez años después del incendio… Tómalo por una señal que el universo te envía.

El coronel sintió que no tenía nada más que añadir, y para no dejar que esta sensación de vacío pudiera prosperar y convertirse en algo concreto, atajó el silencio que los envolvió de repente, abrazando al joven y palmeándole la espalda, antes de alejarlo nuevamente de sí.

Casi al mismo tiempo, los dos hombres apuraron ahora el contenido de las tacitas de café que la tía había dejado sobre una mesita. El joven lo sintió amargo, pese a que la mujer lo había recargado de azúcar. Pero después de la primera impresión, su paladar lo fue hallando dulce.

—Venga —dijo ahora el coronel—. Vamos a despedirnos de Luisa, y a darle las gracias por el café. Cuando se fueron tus abuelos, le dejaron esta casa a la sirvienta a la que querían tanto como a un familiar. Tu padre nunca más volvió a poner los pies en este lugar, pero yo lo recuerdo con cariño, lo mismo que a la vieja sirvienta de mis padres.

En el camino de regreso hasta el automóvil, luego de despedirse de la mujer, no se cruzaron palabra. El coronel había agotado hacía rato las suyas, y el muchacho conseguía ver la inutilidad de las que dijera. Desandaron los pasos con idéntico sigilo, y entraron nuevamente a la cafetería por la puerta que les sirviera antes para evadir a los posibles perseguidores que turbaban la mente del coronel. El mismo camarero de antes se les acercó con cara de desconcierto, y luego de unos instantes de vacilación les indicó sentarse.

—Mejor allá... —dijo el coronel, encaminándose con pasos seguros hacia la mesa que había señalado.

El hombre les sonrió aquiescente, y los acompañó hasta la mesa con sendas cartas en la mano.

—Enseguida los atiendo —dijo, sin abandonar la sonrisa que les había prodigado. Y se alejó un momento.

Cuando estuvieron sentados a la mesa, el coronel pareció examinar con gran detenimiento el menú, aunque al cabo pidiera «lo de siempre» al camarero obsequioso que los atendía. Entre tanto, el joven fingía igualmente examinar el menú, pero sus pensamientos rebotaban sobre la superficie impresa sin ir tampoco a ninguna parte.

GUARAREY

Para Carlos Victoria, in memorian.

Del sueño lo arrancaron los gritos de sus nietas. De todas formas había sido un sueño difícil, informe —lo único que conseguía recordar ahora era esa imagen apocalíptica de muchos cuerpecitos de niños rotos y destrozados que salpicaban el camino por donde debía avanzar un pesado automóvil, acaso un camión de carga ... ¿Cómo estar seguro? A lo mejor se trataba de él mismo, convertido en una especie de monumental tanque de guerra, que avanzaba sobre sus esteras sembrando muerte y destrucción por delante de sí, y dejando a su paso aquel reguero de cuerpecitos mutilados. Sueños como éste poblaban sus noches desde hacía mucho tiempo. La persistencia de los mismos había hecho que un equipo de especialistas tomara nota y decidiera darle baja del ejército. A él le comunicaron que sería «desmovilizado». La palabra *psicosis* pasó desde entonces a formar parte de su vocabulario. El efecto amansador que le proporcionaron al comienzo las pastillas, duró poco sin embargo, hasta que una vez más volvieron a atormentarlo los sueños. Un nuevo medicamento que su hermana Virginia le enviara de afuera, prometía ahora devolverle la tranquilidad de no recordar al despertar ningún desasosiego, en cuanto sus efectos comenzaran a actuar sobre el organismo—. La guerra seguía pasándole factura. No se trataba de una mala memoria adosada a su cerebro, era toda la memoria que podía recordar. A lo mejor, debajo de aquel horror hubiera algo distinto, —anterior a la guerra— sólo que él no lo recordaba. Era preferible olvidarlo todo, hacer de cada nuevo día tabla rasa y empezar de cero, pero a veces, el día a día era también, de muchos modos, la guerra. De nuevo los gritos que clamaban por su ayuda estuvieron allí, procedentes del patio:

—Abuelo… Abuelo… ¡Ven! Corre, por favor. Abuelo…

Las peleas y agresiones recíprocas entre su hija y el marido de ésta, no eran cosa soñada, ni mucho menos nueva, pero tampoco venían en su ayuda. En numerosas ocasiones habían terminado tales discordias en una sangría menor, es decir, sin serias consecuencias, y en una precaria separación abrupta y temporal. Él, por su parte, se había hecho el propósito —escasamente conseguido— de mantenerse al margen de tales conflictos, desde que su propia hija lo desautorizara delante del marido, para acto seguido reconciliarse con él, como si el padre, no el marido, hubiera tenido la culpa de lo ocurrido. Él tampoco hubiera dicho que su yerno fuera culpable de nada.

—Tú no te entrometas, viejo. ¿Me oíste bien? *Métete* en lo tuyo, que mira bien cómo estás. Ocúpate de ti, y repara las tejas que le faltan al techo, antes de venir a querer ponerle tejas al de los vecinos. Además, que ya lo dice el refrán: «Entre marido y mujer, nadie se debe meter».

¡Trabajo le costó a él desentenderse, era verdad! Después de todo se trataba de su hija, pero lo había conseguido alejándose en lo posible del hogar, a donde venía escasamente a dormir. El resto del día se lo pasaba dando vueltas a un carrusel que giraba dentro de su cabeza. Con los antiguos compañeros prefería no reunirse más, desde que Olegario y Celestino terminaran peleándose a las trompadas por ni se sabía bien qué causa. A veces iba un rato todavía donde Serafín, Soriano o Fidel Mato, con quienes se podía conversar de cosas con sólo evocarlas, sobre todo con el negro Soriano.

—¡Qué clase de embarque, caballeros...! ¡Qué clase de embarque! —decía éste en el seno cómplice que estaba seguro de hallar entre sus ex compañeros de armas.

—El quince de septiembre de este año, hará ya doce... ¿Quién nos lo iba a decir? —apuntaba Serafín.

—¿Se acuerdan del muchachito aquél que lo que más le gustaba era jugar al futbol?

—¿Faustinho? —preguntaba Fidel, retóricamente, pues todos sabían muy bien que aquel era el nombre del muchacho angoleño.

—¡Qué manera de atracarnos de mierda...! —repetía Soriano, inconsolable, indignado, desbordante de furia.

—Algo bueno hicimos también. Eso no se puede negar —decía un seráfico Serafín. Coño, si no hicimos allá nada que valiera la pena, qué coño fuimos a hacer, chico. ¿Qué fue lo que hicimos entonces?

—¿Tú crees que el apartei en Sudáfrica se acabó cuando se acabó por cuenta de nosotros?

—No se podría negar que les dimos candela de verdad a los sudafricanos.

—Y a los que no eran sudafricanos también. ¿Y qué? Pero al final, los que más recibimos fuimos nosotros… Y no hablo de premios, ni de medallitas de mierda.

—¡Qué clase de hombre ése, caballero! Cojonú cojonú. No me importa todo lo que de él dijeron después, y de lo que le hicieron, que no tiene perdón.

—¿Se acuerdan del día que Antonino pareció volverse como loco de repente, y hubo que amarrarlo para que no siguiera disparando con su arma?

—Pobre Antonino.

A pesar de faltar de casa la mayor parte del tiempo, se las arreglaba para ocuparse de que las nietecitas no quedaran abandonadas a la indiferencia, o irresponsabilidad de la madre. Ella sería su hija, pero él no estaba ciego todavía. Lo que era a él, el cariño no lo cegaba —se dijo—. Intentaba hacer lo mejor que le era posible con lo que le iba quedando de vida. Esto, se decía, era la vida, su vida. En verdad, el empeño por las niñas era como una brecha en la espesura, de la cual no se sabía muy bien en qué momento podían surgir toda clase de amenazas. La luz que uno adivinaba por delante de ese trillo lo empujaba hacia delante. Él, aún tenía eso a que aferrarse. Por carecer de él, otros no llegaban a hacer el cuento. Otros se ahogaban en la orilla, como quien dice. Lo mismo dormido que despierto, sus nietecitas lograban sacarlo de sus pesadillas. Las pastillas eran el complemento, no al revés. No sólo velaba porque ellas comieran y tuvieran siempre ropa limpia, sino que se ocupaba también de llevarlas y traerlas de vuelta de la escuela, desde el primer al último día de clases. Era aquélla una tarea que se había impuesto a sí mismo, en vista de que los padres no tomaban la iniciativa. Una delante, y otra detrás, se ocupaba él de llevarlas y traerlas en su vieja bicicleta *Niágara*, vieja pero en óptimo estado de conservación pese a sus más de cuarenta años de uso. Cuando marchó a Angola, la dejó a buen resguardo, y al volver a casa la encontró intacta, cubierta de polvo y telarañas, pero intocada por extraños, como una virgen que lo aguardara cubierta de espesos velos. Ésa, al menos, fue la visión que tuvo. No hizo por montarla enseguida, sin embargo, sino hasta que se impuso la misión de socorrer y amparar a las niñas. A partir de entonces, las llevaba tempranito en la mañana, y volvía por ellas cuando terminaban las clases. Después de sus nietas, era aquella bicicleta lo que más importancia tenía en su vida. ¡Vieja como era, por ella le ofrecían ahora una fortuna, y al satisfecho dueño no le alcanzaban los dos ojos de la cara para cuidarla y protegerla a como diera lugar! Porque entre los ladrones, y los envidiosos, todos los cuales hacían racimo, había mucho que velar y desvelarse, declaraba. A quienes la vista de la bicicleta inspiraba un piropo admirado —generalmente seguido de un ofrecimiento de compra inmediata— solía él responderles de éste o parecido modo:

—¡No me la celebre tanto, compadre, que aquí el *mal de ojo* anda *telero*...! —y pensaba al decir aquello en todas las posibles complicaciones que podían surgir en el camino de cualquiera, como consecuencia de un mal pensamiento implícito en tales palabras. De modo que sin haber sido nunca lo que se dice creyente —ni siquiera en medio de la guerra como otros— cuando algo semejante tenía lugar, él se santiguaba en previsión de aquella posibilidad siempre acechante.

Luego ¿con qué iba él a llevar al colegio a las muchachitas, y a moverse arriba y abajo? —conjeturaba. Aquella bicicleta que rodaba era como su sangre misma. Le parecía llevar puesta una chaqueta hecha de catéteres que suplieran una transfusión imprescindible.

—Aquí, y hoy en día, tener bicicleta es mejor que tener un carro, porque no hay que pagar impuesto todavía.

A su hija, y a su yerno los había perdido él prácticamente de vista desde que evitarlos se convirtiera en un proyecto inmediato, y para evitar que en su ausencia cualquiera de ellos —con toda seguridad la muchacha— se introdujera en su dormitorio, como ya había ocurrido en más de una ocasión, y se dedicara a husmear entre sus pertenencias, se hizo de un candado de calabozo, que un antiguo compañero pudo conseguirle, y de una gruesa cadena con los que lograba asegurar la puerta de la habitación.

—Abuelo… Corre. Corre, abuelito. Corre…

La que tales gritos daba era la mayor de las dos niñas. La más pequeña también debía hacerlo, pero sin proferir palabra, tal vez incapaz de articular el miedo que sentía. La refriega que suscitaba semejantes gritos, también traía hasta él sus palabras: rotas, crispadas, obscenas. Pero se había propuesto, con toda firmeza y determinación no intervenir nunca más. No podía sin embargo, sustraerse al ruido que hacían los machetes al cruzarse ocasionalmente, o al golpear de los hierros contra otros objetos. A veces, como si se tratara de una tregua pactada a regañadientes, un machete (o ambos) golpeaban de plano sobre una superficie, o un horcón de madera cuya dureza arrancaba al machete un cimbreo.

—¡Maricón! Eso es lo que tú eres, chico. ¡Un tremendo mariconsón! Si fueras hombre de verdad te fajabas conmigo como un macho. Yo soy más hombre que tú.

—Ese es tu problema, chica, que quisieras ser hombre, pero te falta lo que tienen los hombres. Y eso no tiene arreglo, mi vida.

La razón de aquella pelea —conjeturó él— podía tener cualquier origen: celos de parte de ella; discrepancias de opinión; la contrariedad de uno u otro con tal o más cual cosa, o una infinidad de pequeñas sinrazones. Pensó unos instantes en el carácter de su hija. Desde los días de la escuela había dado muestras de poseer un temperamento que, desde el comienzo le causó contratiempos. Iso, la hija menor de Ramírez Prendes, que había sido su maestra de segundo grado, lo había intentado poco menos que todo cuando les aconsejó a él y a su mujer Eloísa, llevarla donde el Psicólogo para una evaluación y el correspondiente diagnóstico.

—No. No. No es que la niña esté loca, Alberto, ni cosa que parezca. Pero ustedes deben saber que la niña tiene serios problemas de aprendizaje y disciplina. En realidad, creo que si no aprende, es porque no consigue concentrarse y estarse quieta dos segundos. Pero yo no soy especialista en ese campo. Ocúpese de sacarle un turno y de llevarla pronto. Las cosas, a tiempo… Bueno, ustedes ya saben.

A veces, en sus días buenos, era ésta de las pocas escenas que conseguía rememorar con bastante claridad. También de las pocas en que aparecía Eloísa.

Él había intentado ser un buen padre para sus once hijos desde que ésta se marchó un día de la casa, sin dar a nadie nunca cuenta de su paradero o destino.

—¡Como si se la hubiera tragado la tierra! —comentaron al comienzo los vecinos.

En vano fue buscarla.

—¡Un verdadero misterio, caballeros! Aquí, donde no desaparece nadie.

Los amigos lo ayudaron, cada uno a su manera, a echar por delante. Enfrascarse día y noche en su trabajo también conseguía aliviarlo de no sabía él qué cosas, o cuántas.

Algún tiempo después alguien comentó haberla visto de paso, en La Habana, donde ahora trabajaba en tal o cual hospital como asistenta de enfermería. Hasta llegó a rumorarse que la habían visto en *Tropicana* donde trabajaba como parte del cuerpo de baile del espectáculo. ¡Buen cuerpo tenía! Verdad era ésta que no se podía negar —observaba alguno de los murmuradores.

—¡Pero demasiados años para eso, mi hermano! —apuntaba otro, con mayor discernimiento—.¿Qué va a tener buen cuerpo, ni nada, esa mujer, viejo? Después de parir once muchachos no queda cuerpo... ¡Várices, hueso y pellejo!

La policía, avisada de estas pistas decía seguirlas. Seguramente lo hacía, también interesada en dar con una explicación a su propio desconcierto, y sobre todo para que no pudiera ponerse en duda su eficacia por causa de no dar con ella.

Al principio, lo que más parecía desconcertar a los sabedores del caso, era el hecho de que la mujer no hubiera vuelto en cualquier momento para formalizar el cambio de dirección, al que por ley estaba obligada, omisión ante la cual la propia ley contemplaba algún género de sanción severísimo.

—Ni el cambio de dirección, ni el de la *libreta* tampoco —se decía con genuino desconcierto—. ¿De qué vive ésa?

Verdaderamente, sin el carné de identidad ni la cartilla de racionamiento, no se explicaba que la mujer hubiera podido establecerse en ningún lugar, por eso se acabó especulando con la posibilidad de que pudiera haberse ido clandestinamente del país, o intentado irse en todo caso, por lo cual debía estar presa, o se la habrían comido los tiburones. En cualquier caso, porque hubiera abundancia de casos semejantes, y otros de los que ocuparse, o tal vez porque el abandono del hogar de uno cualquiera de los cónyuges era un hecho que bien visto no tenía nada de raro ni de extraordinario —incluso tratándose de una mujer que había esperado más tiempo del que habitualmente esperaban las que un día se marchaban— los comentarios suscitados no pasaron de las observaciones e invenciones acostumbradas, y hasta llegó al fin ese momento en que cesaron del todo.

Después de ser abandonado por la esposa, a veces su propia madre (que en paz descanse), a pesar de los años que cargaba venía a lavarle la ropa a él y a sus muchachos, y a ocuparse un poco de la casa, pero luego de la muerte de *la vieja*, no le quedó otro remedio que ocuparse él solo de todo. Mucho tiempo después de la desaparición de su mujer, entabló relaciones con otra mujer, y ésta había sido desde entonces, hasta hacía poco, su pareja. Siguió siéndolo a su regreso de Angola, y había que notar a su favor, que a diferencia de lo ocurrido a muchos de sus compañeros, el Partido nunca tuvo que informarle, con lujo de detalles engorrosos, de la deslealtad marital de su mujer, ni exigirle una separación legal y efectiva. Sólo la muerte súbita de Carmelina, de causas aparentemente naturales, le había puesto fin a una relación que, no obstante haber sido lo mejor que pudiera sucederle, quizás sin que él lo mereciera particularmente, nunca consiguió borrar del todo en su pecho, el recuerdo de Eloísa, su primera mujer.

—Corre, abuelo... Corre.

Del ejército lo habían licenciado, y se encontró de repente sin empleo, de manera que disponía de tiempo libre entre las manos para ocuparse de un montón de cosas, aunque a decir verdad, de lo que más había vuelto a ocuparse era de sembrar para comer. El jardincito mismo, principalmente de rosales, que Carmelina había cultivado al frente y a los costados de la casa, fue haciéndole lugar a las cepas de plátano, a las tablas de yucas y a los canteros de boniatos. Todo era poco para disponer siempre, sin que faltaran, de alimentos para sus nietas. La pensión del ejército tampoco era gran cosa, pero incluso con dinero en el bolsillo para gastar no había las cosas esenciales en qué gastarlo. Todo esto le evocaba a veces otra época de su vida, tal vez otro momento, cuando había que dar de comer a los hijos. Eso había sido mucho antes. Luego, cada uno fue echando ala y emprendiendo el vuelo hasta dejar el nido abandonado —al parecer para siempre y sin volver la vista atrás ni una sola vez—. También Tita, se había marchado alguna vez a la *escuela en el campo* donde haría la secundaria, y luego —habiéndola abandonado sin terminar el noveno grado, se había puesto a vivir con un muchacho de su misma edad. Luego había vuelto a la casa paterna para instalarse con su hija por nacer en el hogar familiar. Cuando nació la niña, ya la joven madre se había puesto a vivir con otro hombre, joven aún, pero —en su opinión de padre— demasiado mayor para los años de la muchacha. Clodomiro Alcántara Zocarrás era un buen hombre. Había sido su vecino, y lo conocía desde los tiempos en que aquél había entrado en la mayoría de edad. Con el tiempo, Alberto acabó por convencerse de que en tratándose de su hija, no había otro partido mejor que Clodomiro. En sentido general, era paciente, y respondía sosegadamente a las invectivas y palabrotas de su mujer. A veces, intentaba explicarle cosas. Trataba cariñosamente y por igual a ambas niñas, a la que era su hija tanto como a la mayorcita —actitud que era más de estimar por su rareza, cada vez más acusada—. Pero también se había ido operando en él un cambio paulatino, que lo volvía una persona más crispada que antaño. No todo debía ser culpa de la convivencia con la muchacha, naturalmente. Los tiempos que se vivían hacían posible y hasta de algún modo *deseable* cualquier cosa como ésta. Ambos eran personas muy *integradas*, de manera que no se trataba de *gusanos* o *desafectos* de ninguna clase. ¡Al menos, eso no! Clodomiro había hasta llegado a militar en el Partido, y era además de esto el *Ideológico* de *la zona*; Tita tenía a cargo la presidencia del Comité en la cuadra, pertenecía a la Federación de Mujeres y también era militante de la U.J.C. Después de nacida su hija más pequeña, se había puesto a trabajar por el día, y a terminar la secundaria por la noche. Su padre se hacía cargo de las niñas y hasta la animaba a superarse y a cumplir con *las tareas* que la Revolución le asignaba —cada vez más numerosas y frecuentes.

—Abuelo… Abuelito… ¡Corre! ¡Corre! Ven, abuelo. Ven.

—Si fueras hombre de verdad te fajabas conmigo como los hombres, pero a fin de cuentas tú lo que eres es un pájaro. Fíjate si es verdad lo que te digo, que ésa que está ahí ni siquiera es hija tuya, para que lo sepas de una vez. Tú no eres capaz de preñar ni a una boba *ruina,* chico. Y para que se entere todo el mundo que esté escuchando, a ti ni siquiera se te para *la cosa. Cosa,* no, *cosita.* ¡Más grande la tiene el perro de Alfredo que tú!

—¡Tita!… ¡Tita!… No me *resingues* más la sangre, por lo que más tú quieras. ¡Me estás buscando una desgracia! Tú sabes que yo, paciencia…, de sobra, pero ya te estás pasando de rosca, y hasta yo tengo mis límites que tú deberías conocer cuáles son.

—Sí, paciencia… ¡Paciencia! ¡Aguante es lo que tienes! Sangre de camaleón o de conejo. Si fueras un hombre de verdad…

—¿Y tú? Si de verdad fueras mujer, y no estuvieras loca como estás… A ti lo que te hace falta es una buena cabilla de acero inoxidable, de doce o trece pulgadas de espesor por otras tantas de largo, y mucha *linga* con ella. Porque lo que tienes es fuego «*interino*» pa' que se entere to' el mundo también. Yo, a las demás mujeres las dejo locas, pa' que sepas. Y además, que tú en la cama necesitas pedales, y aún así no llegas a donde hay que llegar. ¡Loca! *¡Tostá!* Dale por ahí, anda. Y déjame la vida tranquila, que me la tienes hecha un *yogur* agrio.

El sueño lo había abandonado por completo. Echó un vistazo a su reloj de pulsera que yacía sobre una silla al lado de la cama, con el pantalón y la camisa. Eran apenas las seis y media de la mañana de un domingo. Pensó en llevar con él a alguna parte a sus nietecitas con tal de sustraerlas a aquel espectáculo. Antes, cuando era otro hombre, solía ya estar levantado cuando el reloj indicaba las cinco, pero eso había sido antes. Ahora, aunque estuviera despierto a esa hora se quedaba en la cama, remoloneando y alargando con incontables pretextos el momento de levantarse. Al cabo, era la mayor de sus nietas quien venía a levantarlo con un buche de café frío —si alguno había quedado del día antes— o en el peor de los casos con un ademán que anticipaba que no lo había por parte alguna. Era por eso, a lo mejor, que él se retrasaba en los últimos tiempos, esperando que fuera la niña quien diera comienzo al día que lo aguardaba. Se

trataba sin dudas de una especie de consuelo o de gratifica-
ción anticipada, por la que valía la pena esperar. Cansado
seguramente de esperar por la pequeña se lanzó de la cama
sin zapatos, apenas con tiempo de ponerse el pantalón. Y
salió al fin, al patio donde había escuchado poco antes en-
cresparse las voces de los adultos, y los gritos de las niñas.

—¿Es que ustedes dos no tienen nada mejor de que
ocuparse…? —se obligó a decir, contra su propio convencimiento, y disposición de no volver a intervenir. ¿Cómo
anticipar por derecho, a donde acabarían de conducirle
sus propias palabras? ¡A lo hecho, pecho! —se dijo, sin
verdadera convicción, pero resuelto a hacerse oír cuando
menos—. Después de todo, se trataba de sus nietas. Las
niñas no podían seguir sometidas a semejante abuso.

De repente, como un golpe que lo detuviera en seco,
lo desconcertó el silencio, y seguidamente, encontrar el
patio desierto. Pensó un instante si los hechos a que las
palabras debían corresponder, habían tenido lugar hacía
mucho más tiempo del que él calculaba, e incluso llegó
a conjeturar por unos instantes si aquellos se inscribían
o no dentro del ámbito de la pesadilla. Caminó alrededor de la casa, intentando dar con ellos. ¿En qué rincón se
escondían ahora, de común acuerdo, tal vez para burlar-
se de él? Le parecía importante convencerse de no haber
imaginado nada. ¿Y si se tratara de una alucinación? ¿De
un barrenillo?, como decía a veces su hija.

—A ti lo que te pasa es que te faltan unos cuantos
tornillos, viejo loco. Para mí que siempre te faltaron.

No. Estaba seguro de haberlos oído reiteradamente.
Era la voz de la mayorcita de las niñas, que no había
venido esa mañana a traerle un gesto o el sorbo de café
frío, que él bebía como si pudiera tratarse de la mejor
colada del mundo. Y de repente, los hechos, con su to-

tal imprevisto vinieron a convencerlo de su naturaleza real. No era preciso tocarlos con las manos por delante, para convencerse de la concreción de nada. Trenzadas muy estrechamente en un abrazo, las nietecitas permanecieron inmóviles, sin venir hacia él corriendo, según solían hacer en viéndolo acercarse, sino que permanecieron tal y como estaban —dos estatuas de piedra— cual si no alcanzaran a verlo o reconocieran más en él, de quién se trataba. Entonces los ojos siguieron la fijeza de la doble mirada con que miraban las niñas, y se hallaron con el imprevisto de los cuerpos inertes de su hija y de su yerno, desangrándose, entre los cangres de yuca, y aún armados de sus respectivos machetes.

PALESTINOS

A David Lago, en la patria común del verbo.

A mucha insistencia de su mujer, Leandro acabó por echarse de la cama tal y como estaba, en calzoncillos. Descalzo y sin camisa salió al portal de la casita, machete en mano. Una luna total ocupaba el centro del firmamento estrellado, sin nubes casi. Canelón ya no ladraba, y Leandro pensó contrariado, en la exasperante agudeza que había tenido la voz de su mujer.

—Viejo, cuidado con el relente —volvió a decir ella desde su distancia, unos pasos por detrás del marido—. No vayas a enfermarte. Debiste ponerte una camisa aunque fuera.

De repente, frente a ellos, bañados por el fulgor de la luna llena apareció un grupo de unos veinte individuos, cuyas facciones se percibían sólo a medias: angulosos, duros; relieves que parecían devolver la luz que la luna les arrojaba. El llanto de una criatura rompió de repente el silencio, y detrás, como si esperara por ella se abrió paso una voz de hombre.

—No *haiga* cuida'o *compay*. Somos gente buena que vamos de paso. Tenemos dos niños de brazos, y tres más que apenas pue'n caminar. Llevamos dos días andando, casi sin parar.

—Venimos desde Mayarí Arriba —dijo ahora una de las mujeres con un niño pequeño en brazos—. Ni agua hemos toma'o. La que traíamos, se la dejamos a los muchachos.

—Estamos muertos de hambre y de sed —dijo otra.

Las voces se habían multiplicado ahora, pero con todo no alcanzaban a ser sino apenas un murmullo.

—Antes de ustedes pasaron otras dos familias —dijo ahora Leandro—. Les dimos de lo que teníamos. Nosotros tampoco tenemos mucho, no crean.

—Cualquier cosa nos vendría bien, *compay*. A lo mejor les quedan unos viandas para matar el hambre, unos boniaticos, una yuquita cualquiera. Lo que sea, *compay*. ¡Pa' llegar!

—Agua, podemos darles toda la que necesiten. Hasta para llevar si quieren. Pozo tenemos —dijo ahora Irma, colocándose al lado de su marido—. Y unas guayabas pa' engañar el estómago hasta que lleguen a donde vayan. Yo misma las recogí de las matas esta mañana. Son buenas guayabas, y están maduras.

Las mujeres se separaron del grupo con sus niños, y siguieron a Irma alrededor de la casa hasta una especie de anexo, de techo muy bajo, hincado en la tierra. Contra lo que esperaba, Irma encontró la puerta sin asegurar.

—Condena'os muchachos —dijo, con un poco de fastidio en la voz—. Se meten aquí con sus juegos y sus cosas, y despúes se olvidan de cerrar la puerta. Mira que se lo tengo dicho, pero ellos lo mismo que si les hablara a la pared. ¡Menos mal que aquí no hay nada que valga la pena, que si no...!

El olor de las guayabas llenaba el recinto, y era lo mismo que el claro de la luna, su envés dulce y tibio. A la luz que ahora penetraba por la puerta abierta, Irma divisó el saco de las guayabas.

—Esto es lo único que tenemos pa' ofrecerles —dijo ahora, sintiendo vergüenza de aquello que decía.

Las mujeres y los niños se apoderaron del saco, y allí mismo comenzaron a devorar las guayabas con fruición, una tras otra. Los hombres aparecieron también, y echándose por el suelo, como habían hecho sus mujeres, se pusieron a comer también. Uno de los niños de brazo lloraba incesantemente, mientras su madre —apenas una muchacha—, comía echada hacia adelante sin prestarle atención. Irma le pidió que le pasara a la criatura y ella lo hizo sin dejar de tragar.

—Arroz les puedo hacer un poco. En la casa no tenemos otra cosa, pero ustedes son los que más lo necesitan. Nosotros no vamos a ninguna parte. El agua de arroz es buena para las criaturas. Cuando yo era chiquita, eso era lo primerito que nos daban..., pa' entonar el estómago.

Leandro volvió con los pantalones puestos, pero aún sin camisa. Canelón no respondió a sus reiterados llamados, y Leandro se preguntó contrariado dónde andaría el animal. De un tiempo a esta parte, parecía otro. Tal vez se tratara de los años, pero vejez o sinvergüenzura, ya le enseñaría él una lección en cuánto asomara el hocico nuevamente.

Irma había puesto el arroz a cocinar cuando entró Leandro en la cocina con el pollo descogotado debajo del brazo.

—Alaba'o, viejo —se lamentó Irma, cuando él puso sobre el mostradorcito de azulejos la presa—. ¡Y yo que lo estaba dejando pa' cuando más falta hiciera!

—Ahora es cuando más falta hace.

Irma guardó ahora un silencio hosco, pero al rato ya se le había pasado la contrariedad, pensando en el atracón de arroz con pollo que se darían sus huéspedes.

Los muchachos fueron los primeros en comer. Irma les fue sirviendo de uno en uno y el hambre que llevaban parecía tan afincada y definitiva en ellos, que las criaturas se atragantaban con los bocados humeantes y seguían tragando. Irma no decía nada de aquellas cosas que súbitamente le afloraban al pecho, porque no habría sabido de qué modo hacerlas coherentes.

Después de comer, y de arrancarle al caldero las raspas del arroz con pollo para el camino, los viajeros se despidieron con infinitas expresiones de agradecimiento y se pusieron nuevamente en camino. Irma y Leandro no pudieron volver ya a conciliar el sueño. El alba vino pronto y los sorprendió despiertos.

—Ya en este país de nosotro' se acabó to' —dijo por fin Leandro, que había dado al cabo de mucha breña con el confuso hilo de su pensamiento—. Ya ni vergüenza, ni na'...

—Cuida'o viejo, con las palabras que se dicen —se sintió obligada a la caución la mujer, que también sentía de modo parecido—. ¡Qué en boca cerrá, no entraron moscas!

Esa mañana el café les pareció desabrido. Irma se echó hacia atrás el mechón de pelo que le caía sobre los ojos y se disculpó por lo que le parecía imperdonable.

Canelón no respondió tampoco a los silbidos que desde el patio trasero de la casa le prodigaba su amo.

—Ése debe andar *poráhi enamorisca'o* de sus perras. Las del compay Utrera siempre están pidiendo su perro que las contente —dijo ahora Irma, para explicarse más que para explicarle al marido la desaparición de Canelón.

A mediodía, cuando Leandro volvió del trabajo para almorzar alguna cosa, encontró que su mujer no estaba en la casa. Sin calentarlo, se sirvió él mismo el magro almuerzo que Irma le dejara preparado, y se dispuso a salir nuevamente para el pueblo en su viejo pisicorre. Un círculo de auras tiñosas que giraba en el cielo, descubría la procedencia del olor a carroña que la brisa acarreaba hasta donde él estaba. Guiado por un presentimiento, Leandro se bajó de la camioneta y se adentró en la maleza. Sin que le quedaran dudas, supo de una sola vez que aquellos restos eran los de su perro Canelón. Apenas un montón de vísceras que se disputaban ferozmente los buitres, a picotazos. Y por si pudieran caber dudas, la cabeza segada en cuyos ojos entraban los más pequeños con sus garras y picos. Una *guámpara* herrumbrosa y rota, abandonada allí, decía de qué muerte había muerto Canelón. Leandro sintió pena de él, y un vago remordimiento por haber pensado mal del animalito lo embargó.

—Ya en este país nuestro se acabó to' —dijo, y le pareció al decirlo que la palabra *"to'»* lo resumía y abarcaba absolutamente todo, hasta aquello que no hubiera sido capaz de expresar, o tal vez incluso de sentir.

ALGUNAS FRONTERAS

Para José Joaquín, siempre recordado.

El viaje hasta aquí ha sido largo, penoso, agotador. Es de madrugada aún, cuando salimos del aeropuerto. Sobrepasadas las primeras frases con el chofer que ha de conducirme de éste a la casa de mis padres, no consigo impedir que una somnolencia avasalladora y turbia se apodere de mí. Pierdo la noción del tiempo y de todo, y me quedo dormido en el asiento trasero. Sólo cuando estamos entrando en este puente de ahora, me desperezo nuevamente. Tal vez se trate de ese sonido que producen las ruedas del automóvil al rozar la superficie del mismo, un cimbreo de eje dislocado, de metal suelto o por soltarse, que contrasta con el otro sonido de las ruedas sobre el pavimento, o la tierra pelada, siempre igual, ése que ha venido prodigándose hasta ahora como trasfondo de mi modorra; el mismo sin dudas, que volverá a escucharse una vez que volvamos a rodar sobre el asfalto.

—Debe ser éste el primer puente que pasamos —observo torpemente, a guisa de conversación. Me siento emerger de una inmersión... Naturalmente que no podría tratarse del primero que encontramos desde que salimos, de manera que el hombre sentado detrás del volante se queda en silencio unos instantes, desconcertado, cual si le tomara ese tiempo familiarizarse con el sonido de mi voz.

—*Éste* —dice con un énfasis particular en la palabra— es el puente del Jatibonico...

—¡Ah! Entonces, ya estamos entrando en Camagüey. No me imaginaba que hubiera dormido tanto.

Después de otro silencio no menos desconcertado, el conductor se anima a responder.

—Parece que estaba muy cansado. Ha dormido todo el viaje.

No respondo, adivinando quizás un reproche que a lo mejor no podría hallarse en las palabras de mi interlocutor.

—¡Camagüey! —digo, no sé si traicionando cualquier emoción, mientras miro por la ventanilla, tratando de descubrir una forma cualquiera en medio de la densa oscuridad que bordea la carretera.

—Eso, claro, era antes. ¡Hace ya mucho tiempo! Ahora, estamos entrando en la provincia de Ciego de Ávila.

—¡Ah, sí! Se me olvidaba... —digo, pero sin experimentar verdadero desencanto—. Es que para mí, *Ciego* sigue siendo *Camagüey*. Como sabe, el río Jatibonico era antes el límite occidental de la provincia.

—¡Usted ya sabe... —adelanta él con cautela, algo que busca decir un poco después, pero me le anticipo sin proponérmelo.

—De muchacho a uno se lo enseñaban en las clases de Geografía de Cuba, y esas cosas, generalmente no se olvidan.

—Lo de *esta gente...* —prosigue él— ha sido siempre «*el cambieteo*»! ¡Cambiarlo todo por cambiarlo! ¡Desde el primer día lo volvieron todo patas arriba! Y lo mejor es que hasta nos obligan a celebrarlo el primero de enero de cada año. De seis provincias que siempre fueron, hemos llegado a tener catorce. Cualquier día de estos nos enteramos que ahora son veinte, y quién sabe lleguemos a superar a Francia y otros países por ahí, que por su extensión seguramente tienen más.

Oyendo prodigarse al conductor del auto, observo de repente una súbita y acaso desmedida prudencia, lo mismo que si un sexto sentido me alertara. No llego a concebir la posibilidad de una provocación de su parte, sin embargo, se trata de proceder con la debida cautela.

—¡Ahora *el límite* es Camagüey! —sigue diciendo él como resarciéndose del silencio al que lo he obligado desde nuestra salida del aeropuerto—. ¡Ahí, está la frontera entre el bien y el mal!

Las palabras que proceden del hombre consiguen, más que nada, desconcertarme. Permanezco en silencio porque me he quedado sin otras nociones que mi propio desconcierto. El hombre debe haberse dado cuenta de esta turbación, cuando añade.

—¡Ahí se acaba Cuba! De Guaimaro para allá, «*ya no hay más pueblo*», como dicen. ¡Oriente! ¡La tierra de nadie es eso! ¡Otra cosa! ¡Otra gente!

Hemos salido del puente, y el silencio se adueña de nosotros como si el individuo que está detrás del volante dispusiera arbitrariamente que así fuera. Todavía no hallo qué decir, aunque sea imperativo decir algo.

—No comprendo lo que quiere decir.

—Usted... No es oriental... —dice ahora, removiéndose incómodo en su asiento detrás del volante. No se trata de una afirmación de su parte, sino más bien de una declaración que aguarda la confirmación por la que el hombre espera ansiosamente.

—No —respondo finalmente—. Nací y me crié en Camagüey. Luego estudié en la capital. Volví a la provincia, y por último me casé y me establecí nuevamente en La Habana, antes de...

—¡Ah! —se apresura entonces a continuar él, obviamente aliviado de no haber cometido, a su parecer, una imprudencia—. Será que usted seguramente lleva muchos años *afuera*, ¿no?

—Así es —confirmo.

—Pues mire bien, para que vaya haciéndose una idea... *Aquí*, los orientales se han hecho los dueños de todo. ¡¿La Habana?! ¡Puro Oriente! ¿Y sabe usted lo que han hecho con ella? ¿Usted vio como está La Habana? ¡Destruida que da miedo! Y a donde quiera que van es lo mismo. En Cienfuegos, en Trinidad... ¡Han acabado! ¿Y *las fajazones*? Porque a bravucones y engreídos no hay quien les ponga un pie delante. Ahora, que ellos no se pelean como los demás hombres, no señor. ¡A puñaladas y a machetazos! Peleas a machetazos lo mismo entre ellos, que entre ellos y los hombres de una zona. Fíjese que a veces han tenido que movilizar las *Fuerzas Especiales* para acabar con ellas. Ya oirá los cuentos. Y ahí en su tierra, cuando llegue los encontrará también por todas partes. Óigame, no son menos que una plaga de esas, de langostas que dicen. Ojalá que al llegar no encuentre demasiado cambiada su tierra, y pueda reconocerla todavía. No exagero cuando le digo que son una fuerza de ocupación extranjera en todo el país. ¿Lleva mucho tiempo *afuera* me dijo?

—Veinte años.

—¿Y es la primera vez que vuelve? —inquiere, interrumpiendo de este modo el flujo de mis pensamientos. Hay en su voz un cúmulo de ansiedad reprimida de la que antes no me diera cuenta.

—Así es —confirmo su cálculo o lo que aquello fuera—. Hasta ahora, no había sido *posible*.

Al decir *posible* intento restar a la palabra todo relieve, con lo cual logro tal vez conferirle una distinción contraria a mis propósitos.

—No se preocupe —dice él mientras los ojos buscan una expresión en la semipenumbra, a través del retrovisor— que con no haber venido antes no se perdió mucho. ¡Total, pa' lo que hay que ver...! —y pasando a otro asunto, en otro tono—. ¿Le queda mucha familia *aquí*?

—Casi toda la familia —preciso—. Mi padre, dos hermanos, primos, sobrinos... ¡Amigos muy queridos!

—¿Vive en *Mayami*?

—No señor. Mucho más al norte...

—Mucha gente vive en Mayami, ¿no?

—Así es. Yo vivo mucho más al norte.

—¿*Nuyersi*?

—No lejos de New Jersey. Al este de Jersey, en un pueblito.

—Ah, porque mire qué casualidad, unas medio primas mías... Bueno, de mi mujer, por esa zona de allá arriba es que viven. Estuvieron no hace mucho por aquí, de visita. Pero en Miami, me parece a mí, es donde parece que más cubanos hay.

—Miami es una ciudad «*cubana*» en muchos sentidos. Tiene usted razón en eso. Aunque, claro, hay cubanos por todas partes. Y en Miami también viven muchos venezolanos, argentinos, colombianos, puertorriqueños...

Ahora, tal vez pienso que ha llegado mi turno de preguntas:

—¿Y usted, se dedica a esto de los viajes principalmente, o tiene otra ocupación? ¿De qué modo supo entre tanto viajero, que yo esperaba un medio de transporte salvador en que moverme?

Mi interlocutor parecería haber estado aguardando la oportunidad que le ofrezco.

—Yo desde que lo vi ahí sentado, me di cuenta… Vamos, me dije que seguramente andaba buscando *una máquina* que lo llevara para alguna parte, y como uno se deja caer por el aeropuerto como quien no quiere la cosa, a ver si se presenta alguna *carrera* de éstas precisamente…

—Sí, ya me habían dicho que así era como funcionaba el asunto. Por eso aguardaba a que alguna llegara, pero no veía aparecer ninguna.

—No, que va. A nosotros no nos dejan llegar hasta la misma terminal, pero con unos pesos de por medio logramos acercarnos. Como se resuelve hoy aquí todo. Luego hay que dejar a uno que le cuide el carro. A este también tenemos que tocarlo con algo. El problema es que si no, no encontramos el carro al volver. Como anda aquí la rapiña, se lo desmontan a usted en un abrir y cerrar de ojos, y no le dejan saber ni por la sombra donde estaba parqueado.

—Pero no hay taxis…

—Se dice que dentro de poco van a aflojar un poco la mano para que podamos operar con más comodidad. Ya sabe usted que esta gente es como el perro del hortelano, que si no pueden comer ellos, tampoco dejan que coman los demás.

—¿Y de qué otro modo iban a desplazarse los viajeros, los turistas, si no hay taxis o transporte público disponible con lo de *la crisis*?

—Aquí nunca salimos de una para entrar en otra, como usted sabrá. La crisis permanente es esto. Pero como le digo: ¡El perro del hortelano!… ¿Y qué le parece lo que ha podido ver? Digo, si con la oscuridad y el apagón *éste*…

—Usted lo ha dicho, apenas he podido ver nada —evado la respuesta, si bien es cierto que en el tiempo transcurrido desde mi llegada al aeropuerto al momento de abordar el vehículo que me lleva a la casa de mis padres, apenas he tenido la oportunidad de observar nada.

—No se preocupe, que ya tendrá tiempo de ver cuando llegue a Camagüey con la luz del día —dice con algo de ironía en la voz—. Yo no sé cómo será *allá afuera*, pero todo el cubano que viene de *allá* dice que no puede creer lo que ve *aquí* con sus propios ojos. Las parientas de que le hablaba antes, hasta se enfermaron, y a una de ellas la tuvieron hasta que ingresar en cuanto llegó allá a su casa en *Nuyersi*. Parece ser que no era nada serio: los nervios, la impresión que se llevó cuando vio esto… Espero que usted no se vaya a enfermar. Usted, claro, es hombre, pero hasta a nosotros los hombres… Tiene que ser fuerte, se lo advierto, lo mismo que si se le hubiera muerto alguien muy querido, Dios no lo quiera así. Claro, eso es para ustedes los que se fueron de aquí hace ya algún tiempo, y se perdieron lo mejor del paseo éste —la sorna asoma a su voz con naturalidad, como si formara parte consustancial de lo que dice—. Nosotros los que nos hemos tenido que aguantar aquí, o los que se fueron hace menos tiempo estamos todos *curados de espanto*, como dicen. ¡*El día tras día* hace maravillas con eso de aguantarse uno! Yo creo que uno se acostumbra a todo, si no tiene manera de cambiar nada, o de quitarse de encima lo que le cayó del cielo, o del infierno… No menos aguanta el burro, aunque se tranque a veces y no quiera caminar.

130

A pesar de la fatiga que sigo sintiendo, y de la ansiedad que me domina por igual a medida que nos acercamos a nuestro punto de destino, me esfuerzo por escuchar al hombre mientras intento sofrenar el cúmulo de emociones, miedos, cálculos y no sé cuántas otras cosas que me asaltan.

—Camagüey dicen que era muy bonito. No, y todavía, con todo y la plaga que nos ha caído encima, se mantiene bastante. Yo diría que es de lo mejorcito que nos queda todavía… La vieja mía, que en paz descanse, tenía algunas amistades de ahí mismo. ¡Mucha carne y mucha leche! ¡Y mucha prosperidad y señorío! Oiga, y las mujeres más lindas de Cuba, sí señor. ¡Y mire que la cubana es bonita sea de donde sea! Yo, soy natural de Niquero. Pero me crié prácticamente en La Habana. Mi familia toda es de esa zona. De Niquero. ¡Una familia larguísima! Tengo parientes en toda la provincia de Oriente. Por eso sé muy bien lo que le digo. ¡Orientales buenos, muy pocos! Sobran los dedos de una mano para contarlos: Maceo, y tres más, creo yo. Yo no sé si es la tierra que es mala, o qué cosa será. Pero fíjese bien: ¿qué nos ha dado Oriente en los últimos cincuenta años a los cubanos? ¡Fíjese bien! —las manos del chofer se liberan momentáneamente del timón para ilustrar lo que dicen las palabras—: Primero Batista y sus *canchanchanes*…, que nos trajeron esto, y después, para darnos el tiro de gracia, este hombre y su gente. Los dos son hasta del mismo municipio, creo yo. ¡Ahí sí que tiene que haber algo en el suelo, en el agua, o en el aire...! ¡Algo muy malo! ¿No le parece? Por eso le decía yo antes…

Oyéndolo decir esto último, y a pesar de que ya he decidido dejarle a él toda la locuacidad que seguramente requiere para mantenerse despierto tras el timón, arriesgo algunas palabras.

131

—¡De ahí también es el Padre de la patria! —digo—. De la provincia de Oriente, quiero decir. ¡Y Guillermón Moncada! ¡Y los Maceos todos! Y Rosa, la bayamesa. Y José María Heredia. ¡De allí son Boti y Poveda! ¡Emilio Bacardí! ¡Los Matamoros! ¡Y el son de la loma, no? Algo más que Maceo y otros tres.

El chofer, que ya antes ha buscado una expresión cualquiera en mi rostro en medio de la oscuridad, vuelve a escrutarlo a través del retrovisor con los ojos fijos, seguramente aguzados, como prendidos al espejo. Esta vez soy yo quien logra imponerle un silencio ajeno a su natural locuacidad. Luego se recobra.

—Mi intención no era ofenderlo. Discúlpeme si lo he ofendido en algo. Fíjese que, después de todo, yo *también* soy oriental. Ya se lo dije: nacido allí en Niquero, y criado en La Habana. Lo que pasa es que hay mucha gente mala de allí que viene y va, y lo malea todo. ¡Óigame, usted tendría que verlo con sus propios ojos para creerlo! Y lo verá, sin dudas. ¡Como lo destruyen todo! Yo no exagero. ¡Usted lo verá y se lo oirá decir a cualquiera! ¡Hasta a ellos mismos! Lo que no destruyen, o no pueden *trapichar* o Dios sabe qué, lo dejan de todos modos que no se puede remediar. Yo creo que *esos* no quieren a La Habana, ni a Camagüey, ni a Cienfuegos, ni a su propia madre. Si usted viaja para Oriente allí mismo lo podrá ver. ¡Esos no quieren a Cuba, permítame que se lo diga! Donde los coge la noche se guarecen, como animales, pero no se encariñan con nada ni tienen respeto por nada. Usted tendría que ver las casas que les han dado, o que se han cogido ellos por su linda cara, ahí en La Habana y en cualquier parte. ¡Mansiones! Mejor que ni las vea como las han dejado. Ah, pero eso sí, no hallará ninguno otro tan fidelista. ¡¿Y la policía?! Cualquier *machacahuesos* de esos, que lo para a usted en la calle, sin ningún motivo, y que *por quítame ahí esas pajas* lo deja a usted lleno de verdugones, tenga la plena seguridad que no es sino de Oriente. Aquí la policía toda está en manos de esa gente. Todos los cubanos somos sus rehenes. ¿Cómo no les vamos a tener mala voluntad? ¿A ver, dígame, usted?

El auto enfila ahora por una recta, a cuyos lados proyectan sus siluetas árboles corpulentos que contrastan con la deforestación de la llanura que hemos venido atravesando. Furtivo, nos sale al encuentro un letrero con sus letras descascaradas, que no logro precisar.

—¿Ciego? —pregunto a mi interlocutor.

—No, señor, a Ciego ya lo dejamos atrás hace rato. Le pasamos por el lado. Ése era Florida. Ya 'horita estamos en Camagüey.

—A Vertientes, ¿cuánto?

—Si nos vamos por la *Vallita*, menos. Así se ahorran un montón de kilómetros.

—Se ve que usted conoce bien todo esto.

—Oiga, desde que empezaron los viajes de la gente de *afuera*, no he hecho otra cosa que dar viajes para todas partes. Hasta a Baracoa he ido a dar a veces. Llevo en esto, como cinco años. Si uno no tiene dólares en este país, se muere de hambre, créame bien que se lo digo yo.

—¿Y el que no los tiene?

—Al que no tiene dólares, le sobran dolores. De barriga, de pecho, de espaldas. ¡De barriga sobre todo! Aquí el que no tiene dólares no tiene ni donde caerse muerto, porque hasta para ser enterrado decentemente, hay que contar con *los americanos*. ¡¿Quién nos lo iba a decir?! ¿Eh?

El sonido del viento al batir contra la lona que llena el hueco de una ventanilla me distrae un instante de la conversación.

—Este carro, ¿es ruso? —pregunto.

—¡Un Moscovich! —asiente el chofer—. Lo más parecido a un carro americano que fabricaron los soviéticos. Como imitación no es tan malo. Éste es de un compañero mío que no maneja. Yo no tengo carro. Con éste nos defendemos los dos. Usted sabe como dice el dicho que *una mano lava la otra, y las dos lavan la cara.*

—Ese refrán parece ser pura doctrina cristiana.

—¡Qué va! Y perdóneme que lo contradiga. Eso es puro *sociolismo.* ¡*Mah deh in* Cuba! La necesidad hace parir mulato. Mire usted, yo, antes del *Período Especial* éste..., (¡*Especial* ya usted sabe!... Aquí, a lo malo, se le llama *especial*) era ingeniero especialista en locomotoras Diesel. ¡Vivía! Más o menos, como casi todo el mundo. ¡Mejor que muchos; no tan bien como muchos otros! En fin, que se iba tirando. Era hasta militante del Partido. *¡Era!* Me *procesaron* y tuve que aceptarlo. De lo contrario *me señalo* y no hubiera podido hacer mi trabajo. ¡Fíjese usted eso! Para que una locomotora pudiera funcionar yo tenía que ser además de ingeniero, militante comunista. *Ésas* son las locomotoras *socialistas*, de tecnología capitalista. Pues, como le decía, en ésas estábamos, cuando se acabó la mamadera de los rusos y llegó el período *especial* éste. Eso, naturalmente, tenía que pasar. No había que ser adivino. Vivíamos de prestado. Más tarde o más temprano… Con Gorvachov, o sin él, esa teta tenía que secarse algún día. ¿En qué cabeza podía caber que fuera de otro modo?

El hombre se interrumpe un instante que no se sabe cuánto habrá de durar, y no me atrevo a intervenir con una frase cualquiera, por temor a que desista de esta suerte de confesión, que se me antoja la nota más alta de todo cuánto ha dicho durante el viaje.

—Yo lo que más quisiera es ver otra cosa. Irme de aquí, no, sino ver. Ver otra cosa, conocer otros países; viajar un poco. Después quién sabe… Usted seguramente conoce muchos países, ¿no es así?

—Prefiero mi casa, para serle franco. Ya casi no viajo. Creo que me cansé de los viajes, además de que todo se ha ido encareciendo, el tiempo escasea y uno tiene muchos otros intereses. ¡Al menos en mi caso!

—Sí, pero al menos ha podido viajar. Allá afuera la vida debe ser muy distinta. Uno puede hacer planes, ¿no es así? ¿Usted en qué trabaja?, y dispense la curiosidad.

De repente, los faros de un vehículo que circula en dirección contraria con las luces apagadas se encienden e inundan el interior del auto, enceguieciéndonos. Mi interlocutor hace entonces lo único que está a su alcance, lanzar un improperio dirigido al otro conductor, en tanto se aferra al volante con ambas manos, los ojos, fijos en el borde de la carretera. El carro se detiene finalmente agotado su impulso primordial, y el conductor aprovecha un último empuje para orillarlo cuanto es posible al borde de tierra, alejado de la carretera

—Hoy aquí, cualquier *comemierda* maneja, con las carreteras como están, que usted las ha visto, y no es cuento mío. Por eso es que hay tantos accidentes diariamente. Aquí, carros no habrá muchos, pero accidentes, todos los que quiera. ¡Figúrese usted, sin buenos frenos ni nada por el estilo!

No siento deseos de decir nada, pero me parece que hace falta su buena dosis de palabras para llenar el vacío que se me ha hecho en el estómago. Por suerte, es nuevamente el chofer quien primero habla.

—Hay que cambiarle el agua a los pecesitos —dice, pero se está aún un rato largo detrás del volante como si este acto requiriera de una determinación que a él le falta. Por último consigue desprenderse del timón y sale del automóvil.

Desde dentro, donde permanezco, se escucha prodigarse el chorro al golpear sobre el asfalto. Oyéndolo se despiertan también en mí las ganas de «cambiarle el agua a los pecesitos». A lo lejos apenas comienza a clarear. El hombre termina y espera por mí sin impaciencia, en el interior del auto al que ha regresado.

—¿Fuma? —me ofrece un cigarrillo cuando también yo he vuelto a acomodarme en el asiento trasero.

—No, gracias

—Yo tampoco —dice, devolviendo la cajetilla a ese espacio plano que hay entre el parabrisas y el volante—. Nunca en mi vida. Ni fumado, ni bebido. ¡Esos son dos vicios que no tengo! No es que sea virtuoso, si usted me entiende.

De la base del retrovisor cuelgan dos fotos plastificadas que a la escasa luz reinante no me es posible distinguir con claridad, y una estampita que por tratarse de una imagen archisabida reconozco como la de Santa Bárbara. El hombre me sorprende mirándolas y no dice nada al comienzo, luego sí.

—Mi mujer y mi hija —señala con la barbilla—. Ahí era todavía una niñita de doce. ¡Que ahora ya me va para quince! En mes y medio los cumple. No vaya a creer que es de amigos eso. Y todavía hay que ir pensando en celebrarle los quince. No por ella, que está en eso más clara que su madre. Pero así es la cosa. Y que si el qué dirán y si *patatín* y si *patatán*. Mi mujer sigue viviendo en otro momento, en otra época. Como mucha gente aquí. ¡En el siglo XIX tal vez! Aquí la gente se muere de hambre si no navega con suerte, pero los quince de las hijas se tienen que celebrar a como dé lugar. ¡Morirse es poca cosa si no consigues celebrárselo! La mujer te hace la vida imposible, y a lo mejor hasta se divorcia. ¡O te los pone, por aquello del despecho, y la vanidad herida!

El auto ha vuelto a ponerse en marcha, y emboca ahora por un terraplén deslavado por las lluvias de mucho tiempo atrás, lleno de baches de todos los tamaños. Para sortearlos, el conductor se ha visto forzado a aminorar la velocidad.

—Seguramente ya estaremos muy cerca —comento.

—Por aquí, nos ahorramos un montón de kilómetros, aunque la carretera está peor —dice el chofer.

Un poco más adelante, surge de debajo del polvo un trecho de pavimento milagrosamente intacto, y el auto recobra su velocidad por lo que dura aquella franja negra, de un negro descolorido —observo— blanqueado.

—Ya estamos llegando. En nada estamos en Vertientes. Ahí estará esperándolo su familia. ¡Ansiosos por verlo llegar!

Mi interlocutor comprueba por el retrovisor mi ademán de asentimiento. A lo lejos, creo divisar las torres del central aledaño al pueblo, por sobre los campos de caña muy rala y esmirriada que crecen en la lontananza.

—Estas cañas no deben dar mucho azúcar —observo en voz alta, un poco a mi pesar o contra mi intención de hacerlo.

—¡Ah! ¿Ya ve usted la caña de este año? Puro *caguazo,* si usted me entiende. ¿Qué azúcar ni qué nada va a dar eso? Ésas son *las variedades de caña,* del Comandante.

De entre el campo sembrado, sale inesperadamente al medio de la vía, una vaca asustada por su propia sombra. Ha saltado la cuneta que la separa del terraplén para caer en medio de éste, y se queda plantada delante del auto, como sembrada allí. Me da tiempo a ver los ojos desmesurados del animal, sus omóplatos vacíos. Es una vaca magra de carnes, pero rellena de su propio susto. El hombre maniobra para evitar la colisión, y el auto, sometido a la picadura de esta espuela inusitada se desboca, y embiste ese espacio que se abre por delante de nosotros, nos arrastra en su impulso hasta pegar contra una roca. El formidable golpe la arranca de cuajo, y arroja por el aire fragmentos de ésta; granos de arena y tierra golpean contra el cristal delantero, astillándolo, pero sin que las esquirlas lleguen a soltarse para herirnos. El auto se ladea, primero hacia la izquierda —el lado que ocupa el conductor— y luego hacia la derecha. Una de las ruedas salta de su eje, se interna en el cañaveral a toda velocidad, y desaparece entre el verde del follaje. Sin abandonar el volante, el chofer intenta evitar que el auto vuelque o se desplace del terraplén hacia la cuneta. Finalmente, el vehículo acaba por detenerse después de una espera infinita. El hombre y yo nos miramos para asegurarnos mutuamente de que aún estamos con vida. A lo lejos, sin moverse de su sitio en medio del terraplén, la vaca parece contemplar la escena con el vacuno desgano de su mirada infinita.

—¡Menos mal! —dice el hombre, observándola por el retrovisor—. Anduvimos con suerte, que si no... ¡Tanta culpa tiene el que mata la vaca como el que le rompe una pata! —añade ahora con una expresión conocida, un tanto recompuesta por él—. Entre diez y quince años de cárcel por las costillas. ¡Peor que si matas a una persona!

Las manos parecen soldadas al timón, y es preciso que yo salga y lo ayude a poder soltarlas. Un temblor incontrolable se apodera de una de mis piernas, que en vano las manos tratan de someter. Entonces me percato del rasguño en el muslo izquierdo. Alguna cosa ha penetrado la tela del pantalón, rasgándolo allí y produciéndome este corte. No consigo saber qué puede haberlo producido, pero observo que el rasguño no es profundo. Todo lo contrario de la herida que el hombre tiene sobre una de las cejas. Le paso un pañuelo para que restañe la sangre.

—Por mí no se preocupe —dice entonces, seguramente que tratando de darse valor a sí mismo—. ¡Estamos vivos, que es lo más importante! ¡Vivos de puro milagro! Y ya sabe usted lo que dicen, que «más, se perdió en la guerra». Lo importante es que estemos vivos. ¡Vivitos y coleando! —dice esto último señalando para la vaca con una sonrisa mordaz. Todo lo despacha con una suerte de vértigo en la voz, o con la urgencia de quien en medio de una gran pérdida irremediable, pasa balance al haber de su alma. Luego, como si pudiera decir esto sin asomo de ironía, sonríe—: ¡Bienvenido a su tierra! ¡Ya estamos ahí mismo, como aquel que dice!

LA IMAGEN EN RELIEVE

Las inclemencias del tiempo y los avatares reiterados de una larga vigilancia insomne, la habían desgastado, robándole volumen a la figura, a la vez que le devolvían, paradójicamente, una espesura más real en correspondencia con su verdadera imagen. A pesar de la decadencia general en torno suyo, saltaba a la vista su propio deterioro pues toda ella sufría de una erosión inevitable por más intentos que se hicieran por remendarlo. ¡Y no debe dudarse, que se empeñaran incontables esfuerzos en este sentido! Extraordinarios esfuerzos inclusive, para detener el avance de lo inexorable. Ahora mismo, y a pesar de la obstinada lluvia de las últimas semanas, los hombres encargados por el *Comité de Orientación y Propaganda del Partido,* de devolver a la figura decrépita su apariencia de atleta, que nunca había correspondido al modelo, y la juventud que alguna vez fuera la suya, seguían trabajando denodadamente. Día y noche, y noche y día, se empeñaban bajo la lluvia con determinación o empecinamiento únicos, como si se tratara de salvar nada menos que los frescos de la Capilla Sixtina. Dada la composición del grupo habría podido tratarse más bien, de los míticos constructores de una torre de Babel inexplicable en su soberbia de alcanzar el cielo. El llamado *Contingente Internacional,* de la *Brigada de Restauración y Retocado Urbano "Sacco y Vanzetti»* había sido responsabilizado con la terminación en un plazo muy breve, de la monumental tarea restauradora del mural. Casi todos eran hombres y mujeres entusiastas, vocados a su labor de salvamento con un candor verdadero, que podía prescindir de constataciones y tenía una reserva inagotable de entusiasmos. Aunque podían oírse a la vez casi todas las lenguas de la tierra, incluido el español, era el inglés la lengua del común entendimiento, o tal vez aquélla en la que creían entenderse todos cuando más lejos estaban de comprender nada. Lo cierto es que para la tarea de rescatar de su decadencia a la imagen portentosa, lo único que se requería en común era un esfuerzo de concentración profundo, que obviara todo cuanto no constituyera en propiedad la imagen y sus atributos. Por eso, los primeros esfuerzos se dirigieron a rehacer la emblemática barba. Brocha en mano, los que tal encomienda tenían se aplicaron a ennegrecerla con una base de betún, probadamente resistente a los elementos. Al hacerlo, alguno que tal vez leyera español mejor que los demás, se percató de que una mano anónima había profanado la imagen inscribiendo sobre el rostro, como si se tratara de un tatuaje, un mensaje que debía ser críptico: *«Cuando veas las barbas de tu vecino arder, pon las tuyas en remojo».* Aquello sólo había podido escribirlo su autor con riesgo de la propia vida, antes de que los andamios de los restauradores llegaran hasta allá arriba. Cuando el betún estuvo seco, cosa que se logró adelantar con ayuda de unos ventiladores concebidos con tal propósito, se colocaron sobre este trasfondo negro cerrado, algunas hebras grises que hicieran más creíble el conjunto, pero sin intención demasiado realista. Alrededor de los ojos —ojillos encerrados en los pliegues y cuarteaduras que el papel había concebido por su cuenta, a lo largo de una estación interminable— se juntaban las patas de gallina de todo un corral. Marcas que conducían a los ojos como si las convocara la intención de picotear allí, tal vez develando la enorme catarata que los cubría y empañaba. Los restauradores rasparon con cuidado extremo todos aquellos relieves y les aplicaron lijas muy suaves antes de darle a lo que restaba del rostro una textura juvenil, donde no se echara de menos alguna que otra arruga, un lunarejo y hasta pecas ocasionadas por el sol. No se contempló para nada la posibilidad de consentir verrugas. En el interior del ojo, sobre la pupila, se descubrió ahora otro letrero atribuible a la misma mano que había pintado el anterior, o a otra cualquiera: «*Tú que ves la paja en el ojo ajeno, ¿no alcanzas de una vez a ver la viga en tu propio ojo?*». El retocado acabó en breve con aquella pintada enervante. Terminada la cara, toda la atención se dirigió de inmediato a la mano alzada y proyectada hacia delante, para dotarla del vuelo oratorio que seguramente le correspondía. Un contratiempo inesperado ocurrió en ese momento, cuando el brazo que la sostenía, saturado por la lluvia que había soportado con anterioridad, comenzó a dar muestras de abatirse y dejó ver unas nervaduras de alambres oxidados y retorcidos, por debajo del yeso que las recubría. Con afanoso empeño, los restauradores consiguieron abortar este desastre, y sin pérdida de tiempo procedieron a rehacer el miembro lastimado. A lo largo del índice, se hallaron nuevamente vestigios del acoso sacrílego. Esta vez les resultó más difícil borrar las huellas de aquella agresión a la imagen cuyo sentido exacto no alcanzaban a comprender: «*Acto vandálico y criminal, es aquél de indicarle a los pueblos el camino de su perdición como el único posible, presentándoselo incluso con los atributos de lo más deseable para engatusarlos y enajenarles así el ejercicio de cualquier razón. ¡Imperdonable, cuando tal acto se comete contra el pueblo que ha depositado ingenuamente su confianza, y dejado sus destinos en manos de vándalo criminal!».* Finalmente, el dedo quedó devuelto a su pasada gloria de abalorios y filigranas retóricas. Si los ojos son, al decir de muchos *el espejo del alma*, las manos lo son de la edad que en ella se refleja antes que en ninguna otra parte. Éstas, gracias a los esfuerzos empeñados volvieron a ser manos agraciadas por una eterna juventud de héroes e inmortales.

Aunque la lluvia se había interrumpido —¿quién podía decir por cuánto tiempo?— después de muchos días de caer y caer, de vez en cuando una ráfaga de viento venía a sacudir febrilmente los andamios, antes de que una calma extraña acabara de aposentarse sobre el quehacer de los restauradores. Para ofrecer protección al mural, mientras se empeñaban en su labor, los hombres habían creado previamente una especie de edificio alrededor del mismo con su techo de hojas de palmera. Una vez acabada la obra, semejante artefacto debería ser desmontado nuevamente para que nada viniera a restarle protagonismo a la imagen restaurada. Tal era el cálculo.

Luego de una brevísima interrupción, prevista para observar lo avanzado, los esfuerzos se dirigieron esta vez hacia la parte media del cuerpo particularmente agredida por los años. Se trataba de rehacer los harapos de que iba vestida la imagen, debajo de los cuales sin embargo, no se transparentaba cuerpo alguno, sino un vacío infinito y sin trasfondo. Lo mismo que el *hombre invisible*, aquella figura asumía su corporeidad y se hacía presente en todo momento y lugar, sólo gracias al vendaje apretado que le colocaban alrededor del cuerpo los restauradores, y sobre el cual se colocaba ahora el uniforme de campaña y los demás atributos del caudillo. El torso henchido bajo la guerrera, parecía alentar con vida nuevamente recibida. Justo debajo de la tetilla izquierda, sin embargo, hallaron inscrito los devotos un nuevo agravio a la figura: «*Aunque la vistan de seda; la momia, momia se queda*». Esta vez fue necesario colocar sobre el bolsillo un par de nuevas condecoraciones, improvisándolas, para ocultar el alcance de aquella afrenta que seguramente buscaba serlo. Junto al ombligo, o al menos en aquel punto que debía corresponderle, fue preciso taponar con abundancia de mortero, a la vez que se borraba un nuevo letrero inscrito en la zona con encarnizamiento: «*¡He aquí el ombligo del mundo!*». Cuando por fin estuvo reparado el huraco y quedó borrada la pintada, con lo cual quedaba terminado el grueso de su labor, los restauradores se dieron a celebrarlo en grande con todo género de manifestaciones que expresaran su regocijo. ¡Y no era para menos después de todo, considerado lo ingente de la tarea emprendida a contratiempo de cualquier consideración sensata, y cuyos resultados —según podía adelantarse— estaban llamados a resultar poco menos que superfluos!

Fue precisamente en ese momento de recogimiento de los restauradores absortos y exultantes frente a la obra colectiva, que volvieron los vientos con fuerza de tromba, esgrimiendo al andar todos sus látigos a la vez. La techumbre de hojas de palmera se echó a volar con sus alas ripiadas y grises, como un pajarraco enorme asustado por el más agresivo pájaro del vendaval. El entablado construido alrededor de la valla resistió la arremetida oponiéndole la aspereza de su piel y el recurso de sus ángulos y clavos. Pero los vientos no cesaron, y parecían poseer en sí todas las reservas que pertenecen a la tierra y al mar, y juntarlas en un haz enorme, en un mazo emblemático que no se fatigaba de golpear. Así pues cayó el valladar con todo estrépito. Si no se oyó fue sólo porque el viento pujó aún más para barrerlo de cuajo. Como garrapatas que se hundieran en la carne, así los restauradores se aferraron a los andamios con brazos, uñas, dientes y piernas, pero el azote del huracán se los llevó en el formidable vuelco de una de sus muchas alas, con andamios y todo. La figura quedó así desembarazada, tal y como se esperaba que sucediera, de cuánto pudiera restarle protagonismo. Desafiante, con apariencias de dictar un curso único al mismísimo huracán, la imagen se mostró sólida. El dedo erguido podía incluso llegar a pensarse de una insolencia obscena. Los pies, calzados por unas monumentales botas de campaña, a cuyo nivel no habían llegado aún los restauradores cuando dejándose llevar de su entusiasmo decidieron celebrar lo alcanzado, daban la impresión de hallarse bien plantados sobre la tierra. Cuando el huracán pasó al fin, allí seguía estando en pie la imagen intacta. Intacta no, sino más bien, poco más o menos que como era antes de la labor de restauración. Dicho proceso, sin embargo, una vez terminado (y sin dudas a causa de los efectos combinados de la lluvia y el viento) incluso hacía resaltar ahora la decadencia precedente. Una verdadera plaga de pintadas, se encarnizaba en la piel nuevamente desarropada. Nadie hubiera podido decir de qué modo, ni en qué momento aparecieron allí como una sarna persistente. ¿Habían estado siempre allí bajo el embarrado, o como salidas de un cuento de O'Henry las había pintado alguien enloquecido, a lo largo de aquella noche de vientos huracanados?

El mural quedaba alejado de todo, en el camino hacia todas partes, y aunque la gente estaba obligada a tropezarse siempre con él y a mirarlo, hacía mucho tiempo que no lo veía. Por eso, los días siguientes, cuando el deterioro de la figura mendicante se acentuó aún más hasta dejarla en puros flejes, y la escayola comenzó a saltar alegremente, sólo un niño acertó a verla. Como su abuelita le había contado aquello de un emperador que iba sin ropas creyéndose el mejor vestido del mundo, el niño pudo ver la semejanza.

—¡Mami! ¡Mami! —dijo, para hacerse oír de alguien en quien podía confiar. Y aunque la madre estaba muy atareada, bajó un instante los ojos para hallar los de su hijo—. Mira —añadió éste con un entendimiento que parecía más propio de persona de mayor edad—. ¡El emperador!

Una carcajada inusitada salió entonces del pecho de uno que había alcanzado a oír lo dicho por el niño, y comprobado por sí mismo que aquél tenía razón. ¡El emperador estaba en los puros cueros! Muy pronto, una multitud carcajeante se había reunido en torno a la imagen, que habiendo resistido a los vientos del huracán recién pasado, acabó cediendo ante la avalancha de risas que su apariencia precipitaba. Una mole de yeso, argamasa y fierros retorcidos se vino a tierra como si alguien la hiciera detonar hacia dentro en cámara medio lenta. Grano a grano, según parecía, se la vio vacilar hacia su definitivo derrumbe, pero aquél era ya inevitable.

—¡Se cayó por su propio peso! —dijo alguien, con un suspiro de indefinible alivio, tal vez para poner un toque de seriedad en aquello que se decía a diestra y a siniestra, y a él se le antojaba un parlotear de cotorras.

—Yo creo... —observó la madre del niño que primero había visto bajo las apariencias de la imagen, al tiempo que le acariciaba la cabeza a su hijo—, que la tumbó el ridículo.

—Eso, sí. —afirmaron otros, hallando según les pareció una explicación a su desconcierto—. ¡El ridículo!

Y reían. Cada quien a más y mejor. Reían. Entre abrazos y un jolgorio de verdadera fiesta. A veces, la risa les arrancaba lágrimas, pero eran eso, lágrimas de pura alegría. Ya se sabe eso que dice el refrán.

ALGUIEN TENÍA QUE IR

A la amistad del doctor Antonio Aiello Fernández.

I. Tapiado

Mi nombre es Olvido. (El nombre que me han dado). Soy, eso: un olvido prolongado, impuesto. Un preso sin nombre, en una cárcel también olvidada de los hombres, que es como una *matrioska*: una dentro de otra, dentro de otra, dentro de otra, hasta el estrangulamiento y el silencio. Silencio. Oscuridad. ¿Lo escribo, o lo revelo de este modo? Silencio, oscuridad. Surgen de mi mano, o están impresos en letras negras que sólo yo alcanzo a ver, sobre una superficie aún más negra. Tinta sobre tinta. Noche, en la noche total. Inscrito sin ruidos, ahogadamente. Sin movimiento. Sin otro esfuerzo que el que me toma imaginarlo, descubrirlo ahí. Oculto. En absoluto silencio. En oscuridad total.

Oscuridad.

Silencio.

Inmovilidad...

Escribo en un pliego interminable y opaco como es todo cuanto me rodea, donde existo como una ameba o un protozoo. Una fisonomía gelatinosa, invisible al ojo desnudo. Una mancha sobre lo manchado. Me siento invisible. Desconozco el microscopio que me observa. A lo mejor hay un *Ojo de Dios* detrás de alguna puerta, que me observa también. De niño, en mi casa, hubo siempre un hermoso *Ojo* como ése sonriéndonos con sus hilos de colores. Yo pensaba que se trataba de unos espejuelos, es decir, de un monóculo. Dios era un cíclope bueno con un ojo de mosca múltiple en medio de la frente, que lo observaba todo con indulgencia. No lo veíamos. Llevaba ese distintivo sobre la frente para decirnos que estaba detrás, que se asomaba a él. Era su distintivo detrás de la puerta.

Escribo. Leo esto que surge de mi mano. Apruebo, desapruebo. Borro y escribo, sin consecuencias. ¿Qué podría suceder todavía cuando he sido borrado, inscrito en un registro muerto, olvidado de todos?

Escribo sobre las paredes, que existen sólo con este aspecto cavernoso, o de bloque compacto, y absorbe las palabras con una avidez insaciable. Para eso escribo —pienso ahora— para llenarlas. A veces he llegado a pensar que estoy muerto, pero no, esto sigue siendo la vida, encerrado en lo hondo de una gaveta de hormigón, sin ruidos, sin sonidos, sin luz, sin colores, sin la forma distintiva de los objetos, sin los ecos del mundo circundante. Soy como un enorme insecto encerrado en su capullo. Una larva de hombre.

Dispongo aún de los sentidos del tacto, del olfato y del paladar. A veces, como un camaleón saco la lengua para percibir esos rayos solares que en algún lugar, seguramente no demasiado lejos de aquí, calientan el haz de una hoja. Entonces, es como si se juntaran en uno solo los sentidos que me restan.

Pero sobre todo, escribo. Últimamente es lo que más hago. Lo que más goce me produce. Y ya no encuentro extraño que así suceda, como antes. Porque yo nunca fui aficionado a leer, ni escribir, más de lo que entonces consideraba estrictamente necesario. Cartas, informes, esas cosas obligadas, o que algunos consideramos tal. Desde Angola le escribía a diario cartas a mi madre y a mis hermanas. A mi padre también, aunque menos, porque con él la relación era otra. Ni siquiera estaba seguro de que las leería cuando las recibiera. Muchas, claro, no las recibió, ni tampoco mi madre y mis hermanas. Cuando las cosas llegaron a ponerse color de hormiga, y los hombres escribíamos cualquier cosa de que se tratara, que pudiera contener el más mínimo componente *derrotista* o crítico, las cartas eran interceptadas y destruidas, por los encargados de esa tarea, de parte del Mando Central. Pero yo no dejaba de escribir siempre. Por lo general se trataba de reflexiones de carácter general, que hubieran hecho la envidia de un Pablo Coello. En Luanda, aunque parezca increíble, comencé a leer, por primera vez en mi vida. Verdaderos libros. Entre el polvo y el estruendo de la guerra, en la que más de una vez estuvimos a punto de perecer bajo la metralla que llovía sobre nosotros, y procedía de nuestras propias fuerzas, leí cuanta cosa cayó en mis manos. Luanda no era, como pensábamos al llegar —como se nos decía y seguía diciéndosenos— un enclave feudal, sino una capital dinámica y próspera. Esto, claro está, aunque se tratara de una constatación incontestable, no podía afirmarse. Pienso, que por mi formación, debo ser un escritor africano, y aún en esta celda tapiada donde me encuentro, siento una mezcla de emociones, a veces contradictorias, por la tierra angolana, donde sin dudas comencé a vivir lo que llevo vivido, pues allí terminó la ilusión de vida que había caracterizado mi existencia anterior. A lo mejor, Mandela llegaría a interesarse por mí, a preocuparse por mi suerte, si le llegara una carta mía —un llamado de auxilio cualquiera— si consiguiera enterarse de mi encierro, en una prisión seguramente peor que la que tuvo que soportar él, pero mi nombre es olvido, mi remitente: ¡Olvido! ¿A quién podría él enviar una respuesta solidaria, en el supuesto de que le alcanzara mi carta?

II. El accidente

Una vez, pensé que perder una uña era una gran pérdida. Entonces a lo mejor tenía razón, pero uno se acostumbra luego a vivir con otras mutilaciones, y da gracias por la vida que nos queda. Yo al menos. ¡Soy agradecido! No sé lo que pensaría mi madre de poder verme así, ella que después de traerme al mundo, pareció librar siempre una batalla contra él, la pobrecita, para impedir que éste me infligiera cualquier lesión, y consiguió hasta lo insólito, librarme de ir a la guerra de Angola, la cual ni ella, con toda su adoración por el Comandante aprobó nunca, por más que se lo callara, *para no dar armas a los enemigos.* Lo que no me hizo la guerra ésa, de la que me libré, o me libró mamá, vino a sucederme por pura casualidad mucho después. ¿El destino? ¿La vida? Bueno, como te empeñas en saber de que modo sucedió todo, te lo cuento. Tú, escríbelo si te parece. Dices que te gusta escribir y eso, ¿no? Pues escríbelo si quieres. ¿Vas a ser periodista? Aquí sí que podrás ser lo que te propongas. Pues nada, escribes un libro sobre mí, y nos hacemos famosos y hasta millonarios los dos, ¿no? Todo esto empezó, puedo afirmarlo así, con la motocicleta dichosa que me dio por comprarme en cuanto llegué aquí. Quiero decir, tan pronto reuní el dinero necesario. Allá no tuve nunca ni siquiera una patineta. Nunca me interesó eso. Fue aquí, al llegar.

Tú sabes que en una motocicleta no tienes protección. Eres tú, y el chasis. Olvídate del casco y de las rodilleras, las coderas, las botas y todos esos andariveles. Uno lo sabe, si no es tonto, o se hace el tonto que es peor. Yo lo sabía bien, pero tomaba siempre todas las precauciones. No sólo por mí, sino por los demás que no andan en motos ni en velocípedos ni en nada. No andaba desmandado como tantos. No pertenecía a ningún club ni nada. Tomaba mis precauciones. Respetaba las señales. Tú a lo mejor te estarás diciendo a estas alturas, que dónde está la gracia del asunto, es decir, de mi relato... Bueno, tú presta atención. Yo te lo cuento, y tú que eres escritor le pones los ingredientes que le falten. Ya verás si nos hacemos millonarios, Sergito. Yo confío en ti, en tu talento. No te rías, chico, que hablo en serio. A mí, a lo mejor me hubiera gustado escribir también, ¿sabes? Digo, eso pienso ahora, pero no tengo gracia ninguna. Yo pasé por la universidad y eso, como tantos otros... ¡Y hasta me gradué y todo cuento! Pero no soy un farsante. Le tomé demasiado afecto a la literatura, en esos años de lector obligado, para convertirme en un falsario a posteriori, o peor aún, en una falsa imitación de las que tanto abundan. No. Eso no es lo mío. El único escritor verdadero al que conocí cuando nada sabía de esas cosas, fue a mi primo Julián. Él no logró pasar por la universidad, porque antes se lo llevaron para Angola. Creo que ni llegó a entrar. Se matriculó. Creo que lo dejaron matricularse… Pero entonces cayó en una de las selecciones que hicieron… No fue de voluntario como muchos. Yo, me salvé por la vieja mía que era una leona, y tenía relaciones. A mi pobre primo lo enredaron, y no tuvo quién hiciera nada por él. Otros se ofrecieron a ir, y cayeron ellos mismos, mansitos, en las redes, por culpa del entusiasmo, que es el alimento de los comemierdas. Ya te digo, yo me salvé en tablitas, las del náufrago, gracias a mi madre. Pero alguien tenía que ir a esa guerra que se inventaron quienes tú sabes… Y a mi pobre primo *le tocó bailar con la más fea*, que además resultó patizamba. Y hoy ni quien se lo agradezca. Al regreso se metió a disidente —o eso empezó antes, en Angola, o incluso antes de que lo mandaran para allá, no sabría decirte— y empezó a reclamar derechos humanos también para nosotros, como sucedía en otros países, y terminó en chirona. No sé ni lo que habrá sido de él. Después que salí de allá, ni siquiera he vuelto a tener noticias. Con la muerte de mi tía Engracia perdimos el contacto. ¿Quién sabe, si también él habrá muerto en la cárcel, o lo habrán matado? Esa historia no podría contártela, porque la desconozco. Pero con la mía seguro podrás hacer un libro. Ya te digo, nos hacemos millonarios tú y yo. Juliancito fue siempre un tipo de esos que no acaba de encajar en el programa. Yo creo que hasta se esforzaba un poco por no destacar. Mis tíos eran chapados a la antigua, no como mi mamá, y mi padre, que me dejaban hacer casi lo que a mí me diera la gana. Los viejos siempre estaban sacándome de líos en los que me metía a veces sin saber. Como el viejo era militante del Partido, pero sobre todo un hombre recto y de su trabajo, y mi viejita, quien nunca llegó a serlo, pero conocía a medio mundo, siempre me estaban dando consejos que yo no aprovechaba, pero lo que sí me aprovechó mucho —más de lo que entonces yo podía darme cuenta— fueron sus influencias y eso…, las relaciones que tenían.

—Carlín se emborrachó, Magdalena, y se entró a golpes con el hijo de Ignacio Lafuente. A Ignacio lo pude convencer de que hiciera la vista gorda en consideración a ti, porque de todos modos, a Ignacito le tocó la mejor parte…

Contaba luego ella, que vino expresamente a decirle el teniente Rondón, con el cual se montó en el yipe de la patrulla, para ir a buscarme al G-2.

—Deja que llegue tu padre y le diga todo, de la A a la Z —me previno, con el fin de meterme el miedo en el cuerpo—. Mira para eso como te has puesto la cara y la ropa. ¡Un mes sin salir de casa a nada! De la escuela para la casa y de la casa, para la escuela. Nada de amigos, ni de noviecita ni de nada de nada. Y cuando tu padre llegue, si te muele a golpes, yo no diré ni esta boca es mía. Para ver si así aprendes.

Pero cuando el viejo llegó a la casa, y comenzó con el aspaviento de quitarse el cinto para darme una buena, la vieja comenzó enseguida a promediar, y a pedirle que no me pegara —cosa que el viejo hallaba tan difícil de consumar, como ella, de sólo imaginarlo— y el castigo se limitó al impuesto por mi madre, que mi padre sancionó como muy merecido, y ambos, la verdad sea dicha, no me levantaron luego, a pesar de que seguramente a ellos les dolía más que a mí, sobre todo porque yo me las arreglaba muchas veces para paliar sus efectos de mil maneras. Aquí, Juliancito mi primo me viene nuevamente a la cabeza, porque era él muchas veces el medio de que me valía para eludir los efectos del escarmiento, como era pedirle que me esperara con su bicicleta lista detrás de mi cuarto, sin dejarse ver por nadie, para salir por una ventana, y escaparme pedaleando un rato, mientras la mía había sido desmontada por mi padre, a solicitud de mi vieja, en anticipación de cosas como ésta precisamente. En cierta ocasión, me contó luego Juliancito, que mi madre había estado a punto de entrar en mi habitación, en la que presuntamente yo me encontraba aletargado por efectos de un resfriado, con algo de fiebre, y sólo el repiqueteo del teléfono consiguió apartarla de su propósito. Se trataba de una amiga con la que hacía tiempo no había estado en comunicación, que la llamaba desde otra parte, porque Juliancito escuchaba continuamente que la vieja empleaba las palabras *allá* y *aquí*, o *acá*. Cuando llegué, no sé ni cuanto tiempo después, mi primo estaba que echaba candela contra mí, enfurecido como nunca antes lo había visto, y hasta me juró que no me volvería a hacer ningún favor, ni aunque se lo rogara de rodillas. No hizo falta probar la resolución del primo, en todo caso, porque pronto se cumplió el término del castigo que me habían impuesto, y volví a andar a mis anchas sin impedimentas.

¿Estás grabando bien esto que te cuento? Lo que soy yo, no te veo tomar notas ni nada de nada. O tienes una memoria envidiable…, o yo no sé.

III. Resolución

No voy a pedirles nada nunca: A rogarles siquiera que me maten, mucho menos a plegarme a sus caprichos y arbitrariedades. Eso que ellos llaman «disciplina penal», o «re-educación» Un hombre en mi situación tie-

155

ne muy pocas opciones. El poco de dignidad que no han podido arrebatarnos todavía, no voy a rendirlo ahora. Soy *un plantado*. Un preso político que se niega a ser considerado un objeto, a colaborar en su propio sometimiento, y despersonalización. Una *gaveta* tampoco va a conseguir lo que hasta ahora no han logrado hacer de mí. A pesar de la desesperación y de la aparente soledad, sé que otros hombres como yo han decidido también no someterse, aferrarse a lo último que nos queda: el respeto por uno mismo, y los principios en los que creemos. ¿Qué puede importarme lo que piensen muchos del asunto, incluso otros presos? Que todo esto de los principios y la intransigencia son cosa del pasado, antiguallas. Algo parecido a retar en duelo a un contrincante por esto o por aquello. ¡Que lo piensen, si así les parece, cuantos deseen pensarlo! Peor debe ser, en mi criterio, arrojar la toalla. Rendir el alma sin fajarse. En nuestra situación, ¿qué otra cosa nos queda que abroquelarnos en defensa de lo único inalienable que nos queda?

Se habla de una posible «liberación» de presos. El reverendo ése que ha estado anunciando a bombo y platillo su próximo viaje a la isla, con carácter de *embajador de buena voluntad*, ha adelantado esta posibilidad para justificar sus contactos con la tiranía. Nadie lo ha designado para este cargo, pero como el reverendo es sobre todo un político —es decir, un politiquero— y se dice que buscará la presidencia de este país durante las elecciones venideras, ha pensado en que sin dudas un viaje de esta naturaleza, una misión como la que se ha impuesto, lo colocará en la mira favorable de los votantes. Yo, nada sé de política. A lo mejor su decisión lo favorece, o tal vez resulte perjudicial. Pero es posible que por carambola, algo bueno salga de esto, después de todo. La liberación de mi primo Julián, si es que aún sigue con vida, sería una de esas cosas. Después de todo, ya ha sufrido demasiado. El pobrecito no merecía ni un cuarto de todo lo que ha tenido que soportar.

Han venido a decirme, que me trasladaban a mi celda nuevamente. Me limité a decirles que estaba en sus manos, que hicieran conmigo lo que mejor les diera la gana. Al frente venía un teniente al que nunca antes había visto.

—Sáquenlo —ordenó a los que venían con él.

Tuvieron que sacarme, porque yo no podía ni con mi alma. ¿Moverme? ¿Deslizarme hacia fuera?

—Sáquenlo con cuidado. No se vaya a golpear.

Un golpe de aire fue lo que recibí, a pesar del encierro de la galera. Como si me sacaran de mi féretro para colocarme tendido sobre una camilla.

—Todavía no está muerto —admitió uno de los carceleros que acompañaba al teniente—. Éste es duro de pelar.

Después que me devolvieron a la celda, y me colocaron sobre el camastro que les indicara el oficial, nos quedamos solo el teniente y yo.

—Alégrate, Contreras —me dijo éste—. Esto se acaba para ti. Muy pronto. Vas a estar unos días aquí, todavía, entre tus compañeros. Están por llegar el médico

157

y un enfermero, que te dejarán como nuevo en cosa de una semana. Gracias a *la generosidad de la Revolución*, aunque tú seas nuestro enemigo jurado, vamos a ponerte bien, y entonces, hasta es posible que te devolvamos la libertad…

Me desmayé en ese momento, no porque sintiera emoción alguna por causa de la noticia, o a efectos de las palabras del teniente. Sentí que me deslizaba hacia una negrura espesa, semejante a la que me rodeaba antes cuando me hallaba en el encierro total de la gaveta, pero desconocida. No sentí miedo. Tal vez alivio de morirme, si aquello era al fin la muerte.

***

—Oye, Jorge, dile a Sergito que se apure con el libro, que si no se apura le concedo la exclusiva a cualquier otro periodista que se interese por mi historia.

Mi hermano sonrió, acompañando con un gesto de la mano, la sonrisa que me dedicaba.

—Ese hijo tuyo es un genio, pero la historia que le conté vale cualquier cosa. ¿Acaso no te lo ha dicho él mismo?

Jorge asintió, todavía sonriente, pero no añadió nada de su cosecha. Había venido a hacerme la visita, y tal vez le pareciera incongruente decirme ahora lo que dijo. De allá, se habían puesto en contacto con la familia. No sé bien. Dice Jorge que se trataba de un amigo de Juliancito, liberado también con antelación. Que si se harían cargo de recibirlo —preguntó—. Porque Juliancito no estaba precisamente en condiciones de valerse por sí mismo. Claro que el gobierno de aquí le ofrecería ayuda inmediata…, si era liberado. Jorge dijo enseguida que sí, a nombre de la familia, que todos querían darle la bienvenida. Se habló luego de que viniera a vivir conmigo. Cuando me lo consultaron dije que sí, que después de todo, lo mío iba para largo, y nos haríamos compañía mutuamente. Clotilde, la mujer de mi hermano estuvo de acuerdo conmigo, sólo tía Hortensia empezó a poner peros —para ser justos, sus objeciones eran de peso—. Se trataba de una larga lista de ellas. Lo que necesita él, y lo que necesitaba yo eran cosas muy distintas. Después de tanto tiempo sin la familia, de eso se trataba. Que se viera rodeado de su gente día y noche, de sobrinos y primos jóvenes, y de viejos que le recordaran «sus raíces». El hijo mayor de la tía, mi primo Danilo, reaccionó a esto de «las raíces» con sarcasmo apenas disimulado:

—¿Raíces? Ni que fuera a echarlas de menos, después de estar sembrado tantos años en una cárcel. Vaya, mamá, ni que el hombre tuviera complejo de arbolito.

La tía le mandó callar, imperativa, y Danilo la obedeció sin protestas:

—Tú, cállate, que no tienes idea de lo que dices.

Ahora estoy convencido de que la tía tiene razón. Lo que Juliancito necesita más que nada en el mundo, es ponerse al día, recibir el cariño que le ha faltado todos estos años.

De repente, el mundo vuelve a sonreírme. Se trata de una sonrisa desconcertante, cuando menos. No acudo a una metáfora. Literalmente, me sonríen aquellos con quienes entro en contacto, mi mundo. Son los mismos que se esfuerzan ahora por mostrarse diligentes y corteses. No dudo que se trate de expresiones de genuina cordialidad, al menos en la mayoría de los casos. No me conocen. Quizás algo hayan oído, pero dudo mucho de que sepan que hace apenas unas horas, yo ocupaba el reducido ámbito de una gaveta o tapiada, borrado del mundo. Me alimentan, cuidan al dedillo que se cumpla el régimen impuesto por el médico. Me sacan al sol, o me colocan a la sombra, cuidando celosamente de que no vaya a deshidratarme. Me bañan y asean a sus horas. Me hacen beber jugos y reconcentrados de cuya existencia no estaba enterado. Me obligan a ejercitar brazos y piernas con regularidad. No escasean las inyecciones. Me han hecho análisis de cuanto hay, rayos equis, pruebas y más pruebas. Me propician el sueño.

Mas pareciera que no alcanzan las veinticuatro horas de un día para recomponer en mí, tantas cosas como andan sueltas o trastocadas. Una semana y media de intenso tratamiento, no ha bastado para devolverme esa semblanza de salud que debe acompañar a los liberados, como gracia que se hace al visitante extranjero.

Inquiero por los parientes que aquí quedan. Expreso mi deseo de verlos, antes de salir al extranjero, sin la posibilidad de regresar ya más, y se me facilita esta solicitud. Me despido de ellos: mi hermano Delfín, hijo del primer matrimonio del viejo. Con él siempre me llevé de maravilla, y nos tratamos con cariño verdadero y completo, sin esa coletilla del «medio hermanos» que algunos creen conveniente anteponer. Mi madre también lo trató siempre como a un hijo. De él, al menos, he pedido que me permitan despedirme. Se me concede. También consienten que lo haga de otros parientes. Mi primo Ricardo, mi sobrinos Rebeca y Antolín, es decir, aquellos de mis familiares que no temen complicarse, por la mera asociación con mi persona. Después de todo —me digo, excusándolos, comprendiéndolos— yo me marcho de una vez, pero ellos quedan rezagados aquí, a merced de la intemperie. También del paisaje me despido. Se trata de una sensación rara, ésta de despedirse para siempre, de algo a lo que más bien estaría en condiciones de saludar, como quien llega de muy lejos después de mucho tiempo ausente. Sin dudas, procedo de un planeta desconocido, de otra galaxia, y sin embargo no dispongo de tiempo para el re-encuentro. Otra fuerza gravitacional tira de mí. Entre tanto, hago lo que puedo por recuperarme, obedezco las indicaciones que se me dan. Y de repente, cuando ya han pasado dos semanas, se produce una pausa que nadie me explica. Oscuridad. Silencio.

A decir verdad, no sé bien qué es lo que va a ocurrir cuando al fin Julián se reúna aquí, con nosotros, su familia. No sé por qué, he llegado a concebir casi de repente una aprensión incómoda, al respecto. Seguramente se trata de una crisis de conciencia. Algo semejante a lo ocurrido entre mi madre y su hermana Cusita, la madre de mi primo. Mi madre y ella dejaron de hablarse, y no volvieron a hacerlo ni siquiera cuando mi madre enfermó para morir. Algo parecido sucedió con la tía Engracia, la otra hermana, que si bien no dejó de hablarse con nosotros, bien puede decirse que murió de pena, poco después de la muerte de mi madre y de la partida de mi tía. Antes fue sumándose en un silencio gradual, que llegó a ser casi absoluto, aún cuando nos visitaba o la visitábamos. Es muy triste eso de que la tía Cusita y mi madre dejaran de hablarse, porque siempre se quisieron mucho, y eran las hermanas mejor llevadas del mundo. Todo vino por causa de lo que pasó, o del modo en que tuvo lugar, o de lo que pensaba mi tía del asunto, o porque mi mamá se empeñó en decir aquello tan tonto de que, *alguien tenía que ir*, precisamente para justificar que hubiera conseguido sacarme a mí del embrollo, y no porque le pareciera bien que entre los muchachos a quienes les tocó joderse se encontrara su sobrino Julián. ¿Por qué tendría ninguno que ir a esa guerra en casa del carajo, después de todo? Se preguntaba la tía, a la vez que un gran resentimiento, y una cólera sorda se apoderaba de ella día a día. A punto estuvo de acabar con su existencia, pero aguantó hasta que regresó Juliancito, que al poco tiempo se metió en problemas. Para entonces, ya mi viejita había enfermado, y murió en cosa de meses. Si la tía consintió en salir de visita al extranjero, cuando la oportunidad de visitar a Magaly, su otra hija, que vivía aquí hacía muchos años, se presentó de repente, fue porque su propio hijo se lo suplicó. Habían empezado a dar permisos de esta clase, porque con esto recaudaban dinero para sus maldades. Se trataba de pagar un rescate, como en la peor época de la piratería. ¡Uno más! Ese trasiego la trajo a visitar a su hija, y a conocer a sus nietos y al yerno. Venía medio convencida de quedarse, contando con que pronto se les uniría Juliancito. Entonces pasó lo que pasó, pero ya no tenía modo de volver allá, así que tuvo que quedarse aquí. Claro que los nietos, y la familia, le han hecho llevadera la estancia, y la separación de su hijo preso allá. Por eso, seguramente, dice la tía Hortensia eso que dice, con razón.

❦

Mi cuerpo no ha respondido bien, es decir, pronto —según se esperaba que ocurriera— al tratamiento intensivo al que me sometieron. Inopinadamente se presentó un fallo renal, y en sucesión, otras complicaciones. Estuve a punto de morir, y por esa causa he perdido el barco, o como suele decirse más comúnmente, el último tren. El reverendo se ha marchado de vuelta a su país antes de que yo me hubiera repuesto. Ahora, cualquier cosa es posible. Delfín viene a verme, mientras permiten visitas todavía, para traerme asimismo alguna cosa que pueda faltarme: un cepillo de dientes nuevo, un jabón de olor, un dulce casero. Rebeca y Antolín también acuden. Rebeca se muestra siempre muy positiva. Con suma discreción me trae noticias.

—Me han dicho, que en las emisoras de por allá, se menciona tu nombre con frecuencia. ¡Tío, lo tuyo, es cosa segura! No hay que perder la fe. Lo que tienes es que ponerte bien del todo. Anoche mismo, la Radio Nederland entrevistó a alguien que habló de ti, y dijo que se trataba de una asignatura pendiente. Hasta no sé qué senador, y el gobernador ése, el que estuvo aquí hace poco para vender los pollos de su estado, se han interesado en tu caso. Tú verás que en cuanto te repongas del todo, te vas.

Me limité a sonreír, y a tomarle de las manos. No es que me falte la fe que Rebeca invoca. No se trata de nada de eso. Pero mucho me temo, que las cosas no saldrán del modo que ella supone.

❦

¿Qué cómo me sentía? ¿Cuándo llegué aquí? Pues ¿cómo crees tú? ¡Perdido! Absolutamente perdido, sin sentido alguno de dirección. Claro que entonces, yo mismo no alcanzaba a verlo, a ver con claridad nada de nada. El único norte era la familia. ¡Toda la parentela puso su granito de arena para que me enrumbara! Y también mucha otra gente, que me ayudó, como mejor supo o le fue posible. Pero la brújula interior andaba enloquecida. Es que aquello, Sergito, es otra galaxia. Tú mismo, con todo lo inteligente que eres, ni nadie que no haya crecido allá, puede hacerse una idea aproximada. Cuando uno llega aquí, si es que lo consigue, le ponen en la mano de repente, la llave de un universo nuevo, desconocido, lleno de sorpresas. Y uno se pregunta qué es ese objeto extraño: ¿una llave? No para qué sirve eso, sino de qué se trata. ¡Un artefacto que conduce a otros artefactos...! Al fin, se da uno cuenta de haber dejado atrás otros artefactos, más primitivos, pero entonces todavía llega a convencerse de que, por lo menos, aquellos otros cachivaches nos eran conocidos. No de qué cosa nos podían servir, sino eso, que nos reconocíamos en su familiaridad. Aquí hay que empezar de cero. No, de menos cero. Si vienes de niño es otra cosa, aunque a lo mejor, después de todo, más vale llegar sabiendo de lo que aquello se trata, para que no vayan a marearte luego los cantos de sirenas. Que mira tú bien... porque aquí está el sirénido que se hace ola, y la ocasión que pintan calva les regala la marea que piden. Yo, estoy vivo de milagro. ¡De puro milagro! La balsa en que nos embarcamos siete hombres, llegó con tres. Uno de estos se murió ya en la playa. Dos nos salvamos, por casualidad. Yo mismo no te sabría explicar cómo fue eso: la última parte de la navegación. Ni con qué manos y uñas me sujeté a la balsa para no ser barrido por las olas, o devorado por los tiburones que no cesaban de darnos vueltas, y hasta llegaron a acometer la balsa. Lo que llegó a la orilla no era ya una balsa, sino un brazado de tablas deshechos. ¡De puro milagro! Me encomendé a la Virgen, implorándole su caridad infinita, su mediación. Sentía que junto a mí estaba mi madre, sosteniéndome, y junto a ella la mismísima Virgen del Cobre. Ahora hay quien me diga que esas cosas son pura ilusión. Yo estoy convencido de que no. Alucinaciones, claro que las tuve, pero se trataba de otra cosa. Una de las veces llegué a oír clarito la voz de mi primo Julián. Llegué a pensar que estaba muerto, pero no. Me dije, estas son cosas de la mente. Al regreso de Angola, Julián estuvo a vernos —creo que para facilitar el re-encuentro con mi madre—. Yo no entendía muy bien, lo que pasaba entre mi madre y su hermana. No se trataba de que hubieran roto así como así, de que estuvieran peleadas, sino de un enfriamiento. No se trataba de una distancia aparente, sino, qué se yo. Yo no había roto con nadie. Mi tía era además mi madrina. Mi primo Julián y yo, tal vez no supiéramos portarnos de otro modo. A esta incapacidad se debió seguramente que retomáramos donde la habíamos dejado nuestra relación. Alguna vez, creo que para su cumpleaños, me había contado algunas de sus experiencias angolanas. Fue como si de repente tuviera necesidad de franquearse conmigo. No mediaron reproches de su parte, sino aquella confesión. Aún me erizo de acordarme, como si lo estuviera oyendo. Luego me contó que a él también, se le apareció en tres ocasiones la virgen. Cuando me lo contó hice como si lo creyera, pero en el fondo pensaba que se trataba de cosas de la imaginación. Es lo que pasa, uno nunca está preparado para los milagros ni esas cosas.

Me han dado de alta inesperadamente. No sé de qué modo se enteraron algunos de mis compañeros de la disidencia. Fueron ellos quienes se lo comunicaron a mi hermano Delfín. Igualmente me han dejado en libertad. Mi hermano se ofrece para llevarme a casa, es decir, a su casa. Desde que me quedé solo, o más bien, desde que caí preso y la casa quedó cerrada, la di por perdida. Ahora creo que viven en ella dos familias con niños pequeños. Se metieron ahí por su cuenta, o los autorizaron a meterse en ella. De todos modos, Delfín y su mujer viven solos en la casa. Los hijos todos viven en el extranjero: uno en Alemania, dos en Holanda y la cuarta en Miami.

—Espacio es lo que sobra en esta casa —dice Delfín cuando le parece que ofrezco resistencia—. Y en ella estarás mejor atendido, hasta que te repongas del todo.

Yo sé bien que no voy a reponerme. Por eso me han concedido la libertad. A pesar del bienestar inducido por el tratamiento de las últimas dos semanas, siento en el pecho, o en la cavidad torácica, el tic tac de una bomba de tiempo, muy apagado, pero inexorable en su marcha.

§

De Juliancito no hemos vuelto a tener noticias. Es decir, supimos que le concedieron la libertad y que estaba viviendo con su medio hermano, Delfín, con el que siempre se llevó bien. Por lo demás, nada sabemos. Se comenta que no quiso salir de allá, que está determinado a seguir en la pelea. No sé de qué vale nada de eso. La única vida que tenemos es la que nos toca vivir. No vale la pena sacrificarse por gente que ni siquiera conoces. A mí me hubiera gustado contarle también de mi experiencia en alta mar, cuando se me apareció la virgen y me acompañó parte del camino hasta que me hallé a salvo. Te hubiera contado entonces sus impresiones. A la verdad, yo no sé qué más pudiera contarte de interés para tu libro. ¿Tú crees que con el material que tienes ya, puedas empezar a escribirlo? No vayas a decirme ahora que no puedes, o que has perdido el interés... ¡Coño, Sergito, tan embullado como estaba! Mira a ver entonces, si por lo menos escribes algo sobre el primo. Porque también es tu primo, ¿sabes? Y él, la verdad es que sí lo merece.

&.

Hace dos días que llegué y me instalé aquí, en compañía de mi hermano y mi cuñada. Desde entonces han sido numerosas las visitas de compañeros y amigos. Me sorprende y conmueven, tanto valor y desprendimiento. También me visitan los «*compañeros combatientes que me atienden*» y otros miembros del aparato. No es a mí a quienes buscan intimidar, sino a ellos. Tienen el cinismo de preguntarme si necesito algo. Tal vez ni siquiera de cinismo se trate, sino de una de las máscaras que han adoptado para el personaje de ocasión. Les digo que no requiero de nada. Hay un entra y sale que me inquieta, sobre todo en consideración de mis anfitriones. Por fortuna, hay un momento en que cesa casi por entero. Y de repente, en medio del intercambio que sostengo con mi cuñada, noto como si su voz se apagara. La veo mover los labios todavía, pero yo no la escucho ya. Una rigidez de muerte se apodera de mis extremidades. Una profusión de rostros y otras imágenes pasa ante mis ojos. Alcanzo a ver a mi primo Carlín, quien parece haber sufrido un accidente de consideración, echado en una cama de hospital. El albo blancor de la sala me ciega un instante. Carlín me sonríe, cual si acertara a descubrirme al fondo de ese corredor albino —como no puede ser posible—, a menos que también él esté muerto.

❧

Uno nunca sabe con seguridad dónde la tiene señalada, Sergito. ¡Qué digo con seguridad! No es posible saberlo, y punto. ¡Ni sospecharlo siquiera! Ese día, como ya te dije hace un momento, me monté en mi motocicleta, como venía haciendo desde que la compré nuevecita de paquete. ¡La tenía aceitadita y limpia que brillaba! ¡Un cromito, la verdad! Ahora que lo pienso, era una locura, pero inofensiva, si tú me entiendes. No le hacía daño a nadie. Bueno, eso creía yo entonces. Mira tú a cuantos, empezando por mí mismo, les ha hecho daño. Menos mal que la vieja… No. No. Seguimos. Claro que estoy bien. Oye, ¿qué pasa? ¡Yo soy un hombre…! ¿Tiempo? Tiempo por delante es todo lo que tengo. ¿Ya tienes que irte? Entonces, por mí no te preocupes. Seguimos… Me coloqué el casco. Ya tenía todo lo demás y arranqué, sin meter ruido como hacen muchos. No hacía falta alardear para que muchos se volvieran a mirar. Yo estaba impecable sobre ella, prestando atención a todo, respetando las señales. A la verdad, me sentía como si pudiera tratarse de un caballero medioeval en lo alto de su montura, y ni siquiera me adelanté al cambio de semáforo como hicieron otros, sino que en su justo momento me puse en marcha nuevamente. Irene me esperaba. Habíamos empezado a vernos y a salir y eso. El impacto me proyectó con montura y todo contra otros carros que pasaban. ¿Lo has visto en *youtube*? Dicen que ya pasan del millón los que lo han visto. Yo no quiero verlo. No he querido verlo. Es verdad que estoy aquí, a pesar de todo. Pero también es verdad eso mismo, que estoy aquí. Varado según a veces me parece, en este espacio sin tiempo del que ya van para diez meses, que igual son diez años, o diez siglos... El tiempo parece que no pasa, que no se mueve. Dicen que me recupero, ¿no?, que voy haciendo progresos, pero no puede ocultárseme que hay cosas que no pueden recuperarse, Sergito. Yo, tú lo sabes, que soy un tipo optimista. Sé que hay otros más jodidos que yo. Aquí mismo, ¿no? En este hospital... Tú ves los casos. Pero lo mío va para largo, según todos los cálculos... Y después quién sabe todavía. Me salvaron la pierna, quiero decir, no llegaron a amputármela. Lo de la columna es más serio. Siete operaciones después no acaban de componérmela del todo. Tuve suerte que la médula no se rompió. El cirujano no deja de decírmelo, con asombro y admiración. Soy un tipo con mucha suerte. Siempre hasta ahora lo había sido, y parece ser que sigo siéndolo, a pesar de esto que me escora. Hazme un favor. Perdona que te lo pida, pero ¿podrías rascarme un poco con esa escobilla de mango largo, sí ésa, debajo del yeso? A veces la picazón me vuelve loco. Dicen que es la escayola ésta. Después de todo, aunque me libré del otro uniforme allá, aquí terminaron por encasquetarme éste que me recubre como si fuera yo un escarabajo. ¡Con tal de que no me pase como a Kafka! Bueno, a Kafka no, a su personaje más conocido... A veces he llegado a pensar que estoy en el purgatorio, Sergito. ¡En el limbo! ¿Será verdad eso de que ahora la iglesia dice que el limbo no existe? ¿Qué será entonces de todas esas almas encerradas en él durante siglos y siglos de penitencia? Coño, sobrino, estos curas pueden ser del carajo. Cuando les conviene clausuran sin más el limbo o el purgatorio, como si se tratara de una simple catacumba, dejándonos olvidados en ella, sin esperanzas. Dejamos de existir, por decreto de cualquier Papa. No pienses que me he vuelto loco, pero ¿quieres que te diga una cosa? Esto tal vez no sea ya el purgatorio, pero aquí anda a veces el muerto telero. Se confunden con los vivos. A veces hasta se cree uno que se trata de una enfermera, o de un médico. Los llamas, y hasta se acercan a ti sonrientes, y entonces das un pestañazo y se desvanecen delante de tus ojos. Yo mismo me hubiera dicho que se trata de alucinaciones y esas cosas provocadas por los mismos medicamentos, pero ahora no estoy tan convencido de que así sea. No le digas a ninguno de los parientes —ni a tu propio padre— esto que voy a decirte. Dirían que estoy loco, que me he vuelto loco. Dos veces he visto a mi primo Juliancito deambulando por el pasillo como si buscara algo, o a alguien. Creo que es a mí a quien busca, pero por más que lo llamo, no me escucha. Seguramente ha muerto. ¿Sabes si hay noticias de él? He llegado a pensar que estamos en círculos diferentes del purgatorio. Sabemos de la presencia y cercanía del otro, pero no conseguimos encontrarnos, o más bien, es él quien no consigue oírme ni verme, en fin, localizarme, y yo, impedido como estoy de moverme a mi albedrío, alcanzo a verlo sin que esté a mi alcance hacer nada para comunicarnos. A veces, pienso si no se tratará de un poco de mala conciencia por lo que le sucedió a Juliancito a causa de haber tenido que ir a la guerra ésa, mientras yo conseguía evadirla, sin siquiera proponérmelo, gracias a las gestiones y maniobras de la vieja, que a saber las que habrá tenido que pasar para conseguirlo, porque no creas que debió haber sido fácil ni siquiera para ella, lograr una cosa así.

Tú, no escribes nada de esto que te cuento. No tomas notas ni grabas una palabra, pero dices que te interesa que te lo cuente todo en detalles. Seguramente tienes una memoria prodigiosa. Eso es seguramente lo que buscas que entienda cuando dices que ya todo está ahí —en tu cabeza, supongo que se trata— a salvo de olvidos. Bueno, Sergito, sabes cuanto te agradezco tus visitas. Esperaré por tu regreso como siempre, con anticipación y con gratitud. No digas eso, Sergito. Claro que siempre hay que dar las gracias. Sobre todo a los que nos quieren y se preocupan por nosotros. Hasta tu regreso, sobrino.

EL NÚMERO UNO

No hizo falta el despertador. Despertó unos segundos antes, y con un movimiento muy rápido impidió que la alarma sonara. La fastidiaba el chirrido como de chicharra que producía el aparato, sobre todo cuando ella se levantaba a esta hora con el fin de aprovechar la calma que sólo entonces podía disfrutarse. Abriendo con estudiado sigilo la puerta de madera que daba al patio circundado por una tapia alta, mas sin abrir la verja de hierro que vedaba el acceso a la vivienda desde éste, Violeta asomaba la mirada al patio con macetas, y lo contemplaba largamente a través del abigarrado manojo de lanzas que componían la reja, con una ojeada abarcadora, aunque sin arrimarse a ella, cual una exploradora cautelosa que sólo se fiara de sus recelos, y desde esa equidistancia, examinaba el exterior pasando revista y comprobando cosas que ella misma no hubiera sabido definir. Envuelta en la gastada bata de gasa blanca, tan suave al contacto de la piel, tan ligera y cómoda, permanecía allí como extasiada, el tiempo que tomaba hervir al agua de la tizana que tomaría en lugar del café. Se trataba de una vieja costumbre, ésta de beber una tizana en lugar de lo otro, a diferencia de la gran mayoría de la gente que si no tomaba su café era porque carecía de él. El café se convertía entonces, (se había convertido para muchos desde hacía mucho tiempo) en una especie de santo grial o algo semejante, lo que unido a la búsqueda de tantas otras cosas que hacían falta, no dejaba tiempo sino para husmear, indagar, conseguir, «*resolver*», y cada vez más, para robar, asaltar, herir e incluso matar sin pensarlo mucho. El borbotar del agua la sacó de sus pensamientos, que seguían con atención el desplazamiento de las sombras contra la porción de la tapia que alcanzaba a ver, impulsadas por la brisa. Había algo *mágico*, en el borbotar del agua, o más bien en el sonido que producía éste. Desde niña le había subyugado, y la mayoría de edad primero y los años que conducen a la vejez, más tarde, no habían modificado este parecer. En un tazón sin asa que yacía bocabajo a cubierto de un paño blanco sobre el mostrador de la cocina, se sirvió el cocimiento de mejorana con anís, y lo endulzó luego con una cucharadita de miel. De inmediato devolvió al centro de la vasija con agua el pote de la miel, no fuera a olvidársele, y se aseguró de taparlo bien antes de marchar con su tizana humeante a la otra habitación, donde había una escalera de hierro, estrecha y empinada, en forma de caracol, por la que Violeta ascendió ahora con destreza, sin derramar el contenido de la taza, y sin que, milagrosamente, la bata se enganchara en los evidente sudores del metal, o en las precarias alianzas con la soldadura. La mujer había hecho colocar allí la escalera luego de practicar en el techo de la habitación un hoyo con salida a la azotea. Por menos de doscientos dólares del dinero que su hermana Zulema le enviaba con regularidad, había conseguido proveerse de un altillo que a esta hora le servía para sentarse a cubierto de la madrugada, y de la tranquilidad reinante, a contemplar el infinito, aquí donde era posible; a ser testigo una vez más de la magia de aquella paleta inagotable por la cual la comba inmensa del cielo, cual una Sixtina imponderable se transformaba, pasando del plata lunar remachado de clavos, a las combinaciones y matices más imprevistos y sutiles de todos los colores, hasta llegar al blanco albo y al azul con sus matices cambiantes según las horas y la luz. Mas para ese momento, ya Violeta habría dejado su puesto de indagadora celeste en el altillo, y habría regresado al resguardo fresco de la casa grande donde se había ido quedando cada vez más sola, un día tras otro, a lo largo de los años. Cuando Zulema viniera por fin a visitarla, lo que debía ocurrir muy pronto según lo anunciado, seguramente se sentiría menos sola. No adelantaba, sin embargo, cómo sería después, cuando la visita terminara y la hermana volviera a marcharse lejos, hasta sabe Dios cuándo. Ahora que al menos se permitían las visitas y, contraviniendo su promesa y resolución de no volver nunca más, Zulema le anunciaba su llegada, se dijo Violeta, ponderando por otra parte la condición de los que se quedaban. La frase misma «ahora que al menos permitían las visitas» debió hacerla pensar en la cárcel, en la época en que el cuñado había estado en prisión, siempre lejos, incomunicado a veces, castigado otras, por esto o aquello; por cualquier razón o por ninguna. Sí, lo mismo que él, también ella había cumplido una larga condena al cabo de la cual, a diferencia de éste, no había sido la muerte su recompensa más probable, sin dudas porque seguía estando aquí. Los que como ella «permanecieron aquí», aún cumplían idéntica condena. Al menos el cuñado —se dijo— había sido juzgado sumariamente y condenado, primero a muerte por fusilamiento, y en el último instante, gracias al azar o a lo que hubiera sido, le habían reducido la condena a treinta años. Los cumplió todos, y aún lo retuvieron otros seis meses en prisión antes de liberarlo. Volvió a casa, para morir al año, del cáncer que lo minaba. La cárcel, como el infierno dantesco comprendía diferentes círculos. A unos les asignaban el primero, y a otros el segundo, y así sucesivamente hasta el infinito. ¿Cuál era este círculo que le había tocado a ella? Su hermana, en uso de alguna indulgencia suprema le había anunciado su visita. ¿Hubiera hecho ella lo mismo de estar en el lugar de Zulema? —se preguntó, a sabiendas de que no disponía de respuestas para ésta como para tantísimas otras preguntas como insistía en hacerse—. Rosa Hilda, la única de sus sobrinas que por acá quedaba, solía deshacerse del asedio de esta manía inquisitorial suya, siempre que creía sentir próxima su amenaza, con un resoluto aire de contrariedad que se resumía en aquel: «¡Ay, tía, mire que usted tiene cada cosa!». Cada vez más se le iba pareciendo a la difunta Zoila, que en paz descanse, su otra hermana y la madre de la muchacha. Tampoco ella dispuso nunca de paciencia para sus incontables interrogantes.

—La vida es como es, mi hermana —le repitió innumerables veces hasta cansarse o darse por vencida—. Nunca aprenderás lo esencial. Toda esa preguntadera es cosa de filósofos y de locos. Si no quieres acabar volviéndote loca, deja ya de verlo todo con una lupa, hija.

Violeta pensó por mucho tiempo que nadie la comprendía, pero con los años alcanzó a comprender también que su hermana —y luego su sobrina— tenían razón, sólo que ella no podía resistirse del todo a aquella inclinación de su alma. El alma, ésa era otra de sus obsesiones. Lo fue al menos, hasta el día que el mismo padre José Francisco declaró en su homilía que «eso del alma no pasaba de ser una invención más», «una convención para referirse en otro tiempo, a lo que hoy llamábamos conciencia o psiquis». Los aires del Concilio Vaticano II se filtraban de este modo en la prédica del joven sacerdote que había venido a sustituir al padre Najasa. Por un tiempo muy largo no volvió a la iglesia que había frecuentado a lo largo de su vida, y en la que había recibido los primeros sacramentos y comulgado luego con regularidad. Los domingos se encerraba ahora en su casa, a cal y canto, y contemplaba con acendrado realismo el hecho de no tener alma, según la revelación formulada por el joven cura, hasta que el rumbo de sus interrogantes la llevó nuevamente, conclusiva y determinadamente a la convicción de que aquel curita indigesto de «modernidad» se equivocaba, empezando por lo más importante. Fue por entonces que hizo construir el altillo e instalar la escalera que conducía a él, cual si inconscientemente procurara para sí una vía más directa de entrar en contacto con Dios. Para ser exactos, se trató del primer intento que sólo años después con la ayuda que ahora podía hacerle llegar Zulema pudo materializarse definitivamente, pero de cualquier modo que fuera podía datar el comienzo de aquel intento remitiéndolo al desasosiego de no disponer de alma. Lo otro que tuvo lugar por aquel entonces fue el comienzo de sus desplazamientos regulares para asistir a misa en otra parroquia, en compañía de otras dos desertoras. Esto duró hasta suceder el robo de su casa de que fue víctima, o hasta el regreso del padre Najasa repuesto o mejorado de su dolencia. Tal vez se tratara de ambas cosas. Rosa Hilda le hizo ver la suerte que había tenido de no hallarse en casa, cuando ella se preguntaba si el despojo hubiera ocurrido de hallarse allí.

—Suerte que no la mataron, tía, como seguro lo hubieran hecho esos ladrones para llevar adelante sus fechorías. Dése en el pecho con un canto de piedra. Sin dudas que su ángel de la guarda vela por usted. Pero por si acaso le voy a mandar a Pedrito unos días para que le haga compañía, y cuando no, yo misma me quedo alguna que otra noche.

Le agradeció a su sobrina ésta como tantas otras atenciones y preocupaciones por ella, pero no quería convertirse en una carga para nadie. No era cuestión de soberbia, ni de orgullo mal compuesto, pero sentía que podría valerse por sí misma y confiaba en que, en efecto, Dios no la dejaría de SU mano. Por fortuna, los ladrones no habían podido cargar con todo, como bien pudo ocurrir. Los vecinos le avisaron de que se trataba de una visita de reconocimiento. Lejos de amedrentarse, Violeta resolvió tomar medidas. Con maña, y mediante el intercambio de objetos de algún valor de los que se deshizo sin demasiada dificultad, para compensar el trabajo y los materiales necesarios, hizo reparar y levantar aún más la tapia que rodeaba el patio, rematándola con picos rotos de botella según le insistía en hacer Gerardo, el marido de Rosa Hilda, que aportó a destajo su contribución a aquel proyecto, incluidas las dos verjas de hierro, una para resguardar la puerta que daba al patio, y otra para el frente de la casa. En la presente ocasión, Violeta no anduvo preguntando a su sobrina acerca de la procedencia de aquellas cosas o del proceder del marido de ésta para hacerse con los materiales, en particular los ladrillos, el cemento y las verjas para las puertas.

—Usted no se preocupe por nada, mi vieja —le había dicho Gerardo, cuando él y Rosa Hilda estuvieron a verla—. No se preocupe por su seguridad, que eso lo arreglo yo enseguida. Si quiere —dijo intercambiando miradas con su mujer, señal de que se trataba de algo ya hablado entre ellos— puede venir a quedarse con nosotros el tiempo que quiera, mientras yo me ocupo del asunto sin llamar demasiado la atención.

—Sí, tía. Si yo no sé bien porqué insiste usted en vivir aquí sola en esta casa tan grande, como si no tuviera familia. Usted sabe que nos tiene a nosotros.

Trabajo le costó esta vez no sentirse verdaderamente desagradecida con los sobrinos, a causa de su empecinamiento, pero no estaba dispuesta a dejar la casa sola, como se deja por detrás un par de zapatos viejos, o un objeto sin utilidad por el que tampoco sentimos apego. Esta casa era «su casa». En ella estaba toda su historia, aunque ésta no fuera —se dijo— nada del otro mundo. Aquí había nacido y en ella se había criado, y lo mismo sus cuatro hermanos, y antes, ya habían nacido y crecido entre sus paredes su madre y los padres de ésta. Sí, se trataba también de la historia de los suyos. Nunca había confesado a sus sobrinos que la casa estaba habitada de fantasmas que a veces se le aparecían un instante, le sonreían o le dirigían unas palabras que ella entendía aunque no se tratara de hablar del modo como solían hacerlo los vivos. A veces llegaba a preguntarse si ella misma no sería otra cosa que un fantasma, pero pronto la disuadía escuchar voces como cualquiera. ¿Por qué no se había marchado lejos cuando alguna vez tuvo la oportunidad, facilitada por el hecho mismo de disponer de una casa como ésta? Todo se le facilitó entonces —recordó—. Ni siquiera le pusieron condiciones respecto a aquellas cosas como los cuadros que colgaban de las paredes, y cuyas miradas parecían transmitirle ahora una preocupación que, bien mirado el asunto, sólo podía estar en su cabeza —terminó por admitir entonces—. Su sobrina bien podía disponer de aquellos objetos y aun de otros de semejante carácter, le dijeron los proponentes de aquella transacción.

—Mire, Violeta… La verdad es que a nosotros nos interesa mucho una casa como ésta para ser incorporada al patrimonio de la propiedad estatal. No nos interesa por eso privarla del derecho de disponer a su antojo y conveniencia de objetos personales como los cuadros y cosas así. Incluso si desea dejarle a su sobrina algún mueble: una cama, un juego de sala —el que hablaba creyó estar obligado a hacer una broma, o a poner una nota de ligereza en la gravedad reinante cuando agregó—: ¡Tampoco queremos que nos deje el inmueble desvencijado y sin mobiliario!

Su acompañante le rió la gracia. Fue el único en reír.

—Yo nunca he querido irme de aquí a ninguna parte —fue la respuesta que afloró a sus labios—. ¿A dónde me iría yo?

—Donde su hermana, y sus otros familiares. Aquí está sola, como quien dice. Créame, mi vieja, que le estamos haciendo un favor. Y eso, en consideración a su trayectoria. Sabemos bien del pasado heroico de su familia. Aquí podríamos incluso instalar un museo a la memoria de su abuelo, que fue un verdadero héroe de la batalla de «Las Guásimas». Por todas partes se hace mención de su nombre con verdadera admiración.

Había sido en vano aquel intento de convencerla de marcharse. Tal vez quienes entonces la inducían a partir se dijeran que podían darse el lujo de esperar a su muerte. Bien considerado el asunto, a sus años, y dado «el estado de cosas 'traído' por el período especial» en que vivía el país, era de esperarse que no durara mucho más su empecinamiento. En todo caso, se trataba de proceder con moderación por esta vez. Aún ellos debían contemplar escenarios pesimistas que suscitaran cautelas en sus actos.

—Después de la visita de Zulema, a lo mejor… —fue todo lo que se animó a prometerles a los sobrinos, con tal de que depusieran de una vez su demanda de que marchara a vivir con ellos—. Podríamos permutar esta casa, que como bien dicen es enorme, por la de ustedes, que si bien es grande, lo es menos.

Conforme a la palabra empeñada, Gerardo se ocupó de ejecutar con diligencia los arreglos indispensables para garantizar la seguridad de la mujer sola en su casa. Rosa Hilda cumplió igualmente con su promesa de enviarle a su hijo de quince años, pero muy crecido para su edad, formal y bien educado, a fin de que le hiciera compañía a su tía-abuela. El muchacho halló enseguida modo de distraerse leyendo cuanta cosa le cayera a la mano. La lectura le había gustado siempre. Su madre lo había iniciado temprano, tal como debe hacerse, en este hábito, y ahora daba por azar con numerosos títulos que atraían su atención. Muchos de estos hallazgos conseguían intrigarlo doblemente, por sí mismos, y porque de alguna manera le revelaban alguna cosa que se le antojaba misteriosa, en torno a la persona de Violeta. Notando su interés por los viejos libros y revistas que conformaban una extensa y notable biblioteca, fue ella quien ahora lo animó a servirse de ella cuanto quisiera.

—Aquí hay libros de todo, me parece a mí. O por lo menos de muchas cosas de interés. Eso aparte de las novelas, ésas son casi todas mías o pertenecieron a tu abuela, mi hermana Zoila. Zulema nunca fue de leer novelas ni esas cosas. Yo creo que después de acabar la carrera de «filosofía y letras» no leyó nunca más un libro completo. Las muchachas que estudiaban esas carreras pocas veces las ejercían. Por eso yo siempre me dije que estudiaría una carrera en la que pudiera ejercerme. No sé si sabes que me hice ingeniera civil, y también estudié arquitectura. Mi padre no quería que trabajara en nada de eso, pero al cabo dio su brazo a torcer. Aunque era un hombre de su época, también era una persona muy inteligente y nos quería con delirio a sus hijos. A mamá no le parecía bien ni mal, pero ella misma fue la primera mujer que manejó un automóvil en esta ciudad, un dato que te doy, y que tal vez ni siquiera sea una estadística para nadie. A tu tía Zulema le podrás preguntar si no me crees, cuando haya llegado. Claro que se trata casi todo de libros viejos, que no hallarás en ninguna parte, ni siquiera en las bibliotecas.

Esto último, sin embargo, era precisamente lo que mejor le parecía de todo al jovencito.

—No te olvides que no puedes irle con cuentos ni revelaciones a ninguno de tus amigos, acerca de lo que has «descubierto», si no quieres que acabemos todos en las patas de los caballos.

El muchacho sabía bien que aquélla era de las cosas de las que no se habla. A él, más que a nadie interesaba atesorar un secreto que ponía a su alcance un venero de experiencias. Si su mejor amigo, Aníbal Llorente, no hubiera padecido de aquella incontinencia verbal que le impedía guardar un secreto, habría sido bueno compartir con él su nueva aventura.

—Ya sabes, hijo. ¡A tu gusto!

La llegada de Zulema se produjo al fin, luego de mucho aguardarla. Las hermanas no dejaban de abrazarse. Violeta hubiera querido ir a recibirla al aeropuerto, pero como no era posible disponer de transportación, aguardó con impaciencia a que se produjera la llegada de quien venía de visita.

—¡Ay, tías, pero dejen algo para los demás también! —se quejó con fingida contrariedad Rosa Hilda, enjugándose las lágrimas y los mocos en un trozo de tela limpio, destinado a este propósito.

—Tu cuarto sigue estando donde mismo. Nada ha cambiado desde que te fuiste. Ahora podré morirme con el gusto de haberte vuelto a ver, mi hermana, porque desde que atravesé por la crisis que te conté por carta, respecto a la existencia del alma, me ha quedado a veces la duda, y si no es verdad eso de que al morirnos nuestra alma se reencuentra con los seres queridos en el más allá, no podía resignarme a la posibilidad de no volver a vernos.

—Vamos, Vio, ¿quién habla de morirse ahora ni nada? Lo que tenemos es que vivir mucho para ver lo que necesariamente tiene que venir.

—¡Ay, mi hermana! ¿Qué esperanza puede tener aquí una de nada? Ese optimismo tuyo es de exportación, o importado, como mejor resulte.

Con frecuencia, ahora venían por la casa antiguos amigos ausentes durante todos estos años, según pensaba Violeta, a «saludar» a la recién llegada. Por fortuna, Rosa Hilda y el mismo Pedrito les servían a veces de valladar. El muchacho se refugiaba con harta frecuencia en la casa de la tía-abuela a la salida de la escuela, como si hubieran dejado de interesarle los deportes y los amigos, e incluso llegaran a interesarle menos los encuentros furtivos con la chica que era su novia.

Las conversaciones entre Zulema y Violeta eran las mismas todos los días, o mejor dicho, giraban en torno a las mismas preocupaciones. Ambas se daban cuenta asimismo de que se trataba de una conversación largamente pospuesta. Disponer de dólares —atributo que corría a cargo de la visitante— había venido a aliviar enormemente la penuria en que se vivía, transformándola en escasez, pues ni aún con divisas contantes y sonantes podía siempre accederse a las cosas elementales para comer y satisfacer otras necesidades. Una vana previsión de parte de Zulema había hecho que acarreara igualmente con toda clase de objetos que podían ser de utilidad. Por experiencia propia, sabía de la insuficiencia cuando no absoluta falta de cosas imprescindibles que iban desde agujas para remendar hasta un dedal, y desde sal y azúcar hasta una compota o conserva conque paliar el hambre. Éstas y numerosas otras cosas traídas por ella —un saco de arroz de doce libras, carne seca, aceitunas, enlatados, aceite de oliva, peines, jabones, botones, tazas, vasos y dos juegos de cubiertos, ropa y zapatos para adultos y jóvenes, medias, calzado masculino y femenino— constituían por entero su equipaje. Tres maletas por las cuales había debido pagar una fortuna a la aduana, casi el doble del monto de todo lo importado. Y sin embargo, veía claramente que nada de aquello alcanzaba para menguar la miseria que se había apoderado absolutamente de todo. Constató que aquellas cosas que había dejado apuntaladas a la partida, hacía ya mucho tiempo, se hallaban en ruinas o habían desaparecido del todo, sin otro rastro que los escombros dejados a su paso por el desplome, o el hueco por llenar de su forma, que era un alarido hacia dentro, en tanto lo que por entonces se mantuviera firme, resoluto sobre sus cimientos, ahora amenazaba un derrumbe inminente.

Al cabo de tres días de encierro, Violeta le observó lo obvio.

—¡Ay, hija. No sales de aquí a ninguna parte.

—¿A dónde iría sin perderme?

—Bah. Lo hallarás todo igual —resumió Violeta lo que estaba pensando, quizás para explicarse a sí misma que la otra pudiera perderse de ninguna manera.

Zulema demoró en responder.

—Sí y no. ¡Todo sigue siendo lo mismo, sí, pero me resulta irreconocible! Y hasta los viejos conocidos de siempre… Algo ha cambiado de una manera radical.

—Todos cambiamos, Zule. Nos hicimos viejas. Ellos también. Tú menos, claro. Los años no han podido contigo. Estás lo mismo que cuando te marchaste. Más joven, incluso. Parece que te hubieran quitado años de encima.

—Y tú sigues igual de mentirosa…, mi hermana.

—Hazme caso, anda. Caminemos hasta la casa de Rosa Hilda para estirar un poco las piernas. Hoy no hace tanto calor, y además que no podemos pasarnos todo el tiempo aquí encerradas. Cuando tú no estés, ya volveré yo a mi tumba. Anímate, te serviré de cicerone por esta «selva oscura». Así aprovecho yo también para ver algo.

—Siempre tuviste vocación literaria, aunque te dedicaras a las ciencias. Está bien entonces —pareció resignarse Zulema, incorporándose sin gran entusiasmo, pero con bastante ligereza, de la mecedora que ocupaba— sé tú mi Virgilia en esta andanza por la «selva oscura» y maloliente que se ha vuelto todo, según ya pude comprobar a mi llegada, y no hace falta ir tan lejos para notarlo.

Aunque hablara con alguna elocuencia y hasta buen ánimo, la recién llegada se sabía sin palabras adecuadas, incluso aproximadas, para abarcar la desmesura de aquello que buscaba comunicar, a propósito de la indagación de su hermana. ¿Era posible que ésta no alcanzara a abarcar la verdadera dimensión del desastre que la rodeaba? No. No era posible.

—Todo está igualito, sin dudas, como conservado en formol —siguió diciendo una vez fuera de la casa— pero al mismo tiempo, resulta, no sé, «irreconocible». No consigo dar con ninguna otra palabra.

—Una copia al carbón de lo que fuera, seguramente —dijo Violeta, asintiendo—. Eso mismo me parece a mí a veces. Sobre todo, cuando me da por mirar los viejos álbumes de fotografías.

—Más como la copia de una copia al carbón, que se rescata de la papelera.

—Más borrosa.

—Groseramente tosca, fea. Con una fealdad que daña el ojo de sólo mirarla.

—Y a la vez más precisa, más claramente delineada.

—Con la precisión de un filo de navaja, que se aprieta contra la garganta antes de cortarla.

De repente, Zulema cayó en cuenta de haber hablado sin reparos ni consideración hacia su hermana, que era, después de todo quien aquí vivía. Como hiciera ella antes, respecto a su edad, debió haber mentido, ocultando al menos la fuerte impresión que a la luz del día le había hecho contemplar el estado de la casa en que naciera, y de todo cuanto la rodeaba, como si un ras de mar —eso que algunos llamaban un «sunami» cual si no existiera en español la manera de decirlo— hubiera arrasado de ida y vuelta con todo lo que se interpusiera a su paso. No había aquí nada de las ruinas gloriosas de Grecia y otros lugares, causadas sobre todo por el absoluto abandono y la acción del tiempo y los elementos, sino esto, un paisaje casi lunar encargado a una microondas gigantesca, aunque la palabra también resultara ajena al paisaje y a las circunstancias.

—No te preocupes, Zule. Ya pronto llegamos a la casa de Rosa Hilda y le damos tremenda sorpresa cuando nos vea aparecer. Ni te cuento el tiempo que hacía que yo misma no hacía este camino por mí misma. La propia muchacha me lo tiene prohibido terminantemente. Tú sabes que los viejos nos volvemos como muchachos a los ojos de los jóvenes, pero cuando nos vea llegar, se alegrará, sin dudas.

Por la cabeza de Zulema pasaron en ese instante multitud de ideas para ventilar las cuales no había alcanzado el tiempo de incesante parloteo del que había dispuesto desde su llegada, y según ahora veía claramente tampoco les alcanzaría el que aún disponía hasta su regreso. Cómo confesar a su hermana, que tanto había aguardado sin dudas por esta visita, lo mismo que ella, que lo más que deseaba en este momento era regresar al punto de partida para no acordarse nunca más de volver a este lugar; decirle que la asfixiaba una cuerda invisible cuya viscosidad poco tenía que hacer con el calor o la náusea producida por los olores nauseabundos que se entrecruzaban en el aire que todos respiraban. ¿De qué modo decir a ninguno el efecto que le producían las miradas perdidas de tantos que más que marchar a algún lugar, daban la impresión de deambular sin dirección en cualquier sentido, como una multitud de zombies en una serie de tercera, producida con escaso presupuesto?

Sin palabras, tomó de repente entre las suyas las manos de su hermana Violeta, con determinación, pero con delicadeza suma, y se quedó así, frente a ella, contemplándola mucho tiempo. Sentía penetrar en su alma querida por el camino que le hacían los ojos sin reparos. Y allí habrían estado quién sabe cuánto tiempo, si Pedrito, el muchacho de Rosa Hilda no hubiera asomado en ese instante a la puerta de la casa.

ÍNDICE

A propósito de la Colección Mariel   7

I

TRES VERSIONES SOBRE EL TEMA PRINCIPAL   9

    1

    Día de los padres   11

    2

    Infraganti   24

    3

    Ladrones   32

II

POR ESTE DERROTERO   39

    El instrumento   41

    La jornada   55

    Machismo-nihilismo   62

III

A LA VUELTA DE UNOS AÑOS   83

    Hoy en la tele   85

    Encrucijada   94

    Guararey   105

    Palestinos   119

    Algunas fronteras   124

    La imagen en relieve   140

    Alguien tenía que ir   148

I. Tapiado 148

II. El accidente 151

III. Resolución 155

El número uno 172

Otros títulos de la Colección Mariel 194

OTROS TÍTULOS DE LA COLECCIÓN MARIEL[1]

---

[1] Una colección dirigida por Juan Abreu.

1. *Dile adiós a la Virgen* (novela), de José Abreu Felipe
2. *Al norte del infierno* (novela), de Miguel Correa
3. *La travesía secreta* (novela), de Carlos Victoria
4. *Este viento de Cuaresma* (novela), de Roberto Varelo
5. *Miami en brumas* (novela), de Nicolás Abreu Felippe
6. *Curso para estafar y otras historias* (cuento), de Leandro Eduardo (Eddy) Campa
7. *Del lado de la memoria* (cuento), de Luis de la Paz
8. *Impresiones en el viento* (cuento), de Rolando Morelli
9. *La loma del Ángel* (novela), de Reinaldo Arenas
10. *Boarding Home* (novela), de Guillermo Rosales
11. *El gen de Dios* (novela), de Juan Abreu